UNGEZÄHMTER ROCKSTAR

EINE MILLIARDÄR LIEBESROMAN

MICHELLE L.

INHALT

1. Kapitel Eins   1
2. Kapitel Zwei   10
3. Kapitel Drei   25
4. Kapitel Vier   39
5. Kapitel Fünf   55
6. Kapitel Sechs   68
7. Kapitel Sieben   89
8. Kapitel Acht   112
9. Kapitel Neun   138
10. Kapitel Zehn   169
    Kapitel 11   182

Veröffentlicht in Deutschland:

Von: Michelle L

© Copyright 2020 – Michelle L

ISBN: 978-1-64808-243-6

ALLE RECHTE VORBEHALTEN. Kein Teil dieser Publikation darf ohne der ausdrücklichen schriftlichen, datierten und unterzeichneten Genehmigung des Autors in irgendeiner Form, elektronisch oder mechanisch, einschließlich Fotokopien, Aufzeichnungen oder durch Informationsspeicherungen oder Wiederherstellungssysteme reproduziert oder übertragen werden. storage or retrieval system without express written, dated and signed permission from the author

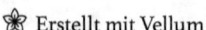 Erstellt mit Vellum

KLAPPENTEXT

Sie ist meine neue persönliche Assistentin. Ich muss mich selbst immer wieder daran erinnern ...
Ich bin Bodhi Creed, Rockstar, Superstar, Playboy
Ich gebe es zu: Ich habe mein Aussehen, meinen Ruhm und mein Geld genutzt, um jede Frau, die ich wollte, zu bekommen ...
Aber Sailor King ist anders. Sie hat eine Vergangenheit, eine schreckliche, entsetzliche Vergangenheit, eine, die jeden Tag ihr Leben bedroht.
Ich will sie beschützen. Ich will, dass sie sicher ist ...
Und mehr als alles andere will ich sie in meinem Bett
Ihre Augen, ihre Lippen, ihre Hüften, ich will jeden Zentimeter an ihr küssen, bis
sie stöhnt und meinen Namen schreit.
Sie hat mehr Macht über mich, als sie ahnt, und doch muss ich mich selbst immer wieder daran erinnern, dass sie meine Angestellte ist.
Aber ich habe keine Ahnung, wie ich es verhindern soll, mich in sie zu verlieben ...

KAPITEL EINS

Chicago, Illinois
Januar

BODHI CREED ATMETE den Geruch der Menge ein – Schweiß, Aufregung und fast schon ungezügelte Bewunderung. Er stand ganz vorn auf der Bühne und sonnte sich in der Liebe seiner Fans, als er seinen Song beendet hatte, alles in die letzten paar Akkorde gelegt hatte, seine Stimme hoch und tief, die perfekte Tonlage.

Er wusste, dass er die Menschen beim Klang seiner Stimme erzittern lassen konnte. Er beendete den Song, verbeugte sich noch einmal, nahm sich Zeit, der Menge zu winken, als er die Bühne verließ und sein ganzer Körper unter Adrenalin stand. *Wer brauchte schon Drogen, wenn man sich allein durch Singen so fühlen konnte?* Er grinste seiner Crew und Band zu und dankte jedem von ihnen persönlich.

Es gab einen Grund, dass die Menschen Bodhi Creed so sehr liebten. Es war nicht nur, weil er sich selber aus einem Drogensumpf, der ihn fast das Leben gekostet hatte, herausgezogen hatte oder weil er mit seinem Gesicht alles verkaufen konnte genauso wie mit seiner Singstimme. Es war, weil er ein durch und durch bodenständiger Mann war, auf der Bühne und auch wenn er nicht auf der Bühne war. Er hatte seine Dämonen - welcher Rockgott hatte die nicht? - aber jetzt, als er auf die vierzig zuging, zog er immer noch Fans aller Altersgruppen an.

Bodhi ging zu seinem Umkleideraum, öffnete die Tür und erstickte fast. Poppy, die seit etwa 2 Monaten seine persönliche Assistentin war, hatte seinen Raum wieder 'gereinigt' , Salbei verbrannt und den Rauch in dem fensterlosen Raum verteilt. Sie grinste ihn an. „Hey, Boss."

Sie hatte leuchtend pinkfarbene Haare, ihre Arme waren tätowiert und sie trug Sachen, die einen Fetischisten erröten lassen würden. Sie sah wie eine wirklich Rockgöttin aus. Bodhi lächelte sie nun erst recht freundlich an.

Gott, war er müde. Das war der letzte Auftritt der Tour gewesen, die schon seit über einem Jahr lief, und er war erschöpft, ausgelaugt und bereit für eine Auszeit. Bodhi kannte sich - es war in Zeiten wie diesen, dass er – in der Vergangenheit – zur Flasche oder dem weißen Zeug gegriffen hätte. Der Gedanke an Kokain machte ihn jetzt krank. Jimi Hendrix, Layne Staley, Scott Weiland, Shannon Hoon ... er gebrauchte ihre Namen als Mantra, um sich von den Drogen fernzuhalten, auch wenn er deprimiert war.

Jetzt, als er sich mit der Hand durch seine dunklen Locken fuhr und sich auf das Sofa warf, eine kalte Cola in der Hand, suchte er seine Zerstreuung woanders. Sein Freund Claudio Fonseca, ein Künstler, hatte ihn dazu eingeladen, den Sommer in seinem Farmhaus in den Hügeln der Toskana zu verbringen, Oliven zu pflücken und sich zu entspannen. Bodhi konnte es nicht mehr erwarten. Zwei Monate unter der italienischen Sonne, Wein, Essen und Erholung in der Gesellschaft von guten

Freunden. Er könnte seine Mutter in Florenz besuchen. Bodhi sehnte sich danach, wieder nach Italien zu gehen. Sein amerikanischer Vater hatte die Familie, kurz nachdem Bodhi geboren war, nach Amerika gebracht. Aufgewachen in San Francisco hatte Bodhi schon immer das Verlangen verspürt den Ort kennenzulernen, von dem er stammte. Als sein Vater starb, hatte seine Mutter das Haus verkauft und war zurückgegangen. Sie hatte Bodhi angefleht mit ihr zu kommen. Aber damals war er ein Star und musste zwecks seiner Kariere in Los Angeles sein.

Er sah auf, als die Tür aufging und Franklin, der Theatermanager, seinen Kopf hereinsteckte.

„Entschuldige, dass ich störe, Bodhi, aber hier ist ein Kind, das dich sehen will."

Bodhi war überrascht. Ein Kind? „Lass es bitte rein. Danke Frank." Er nahm sich immer, *immer*, die Zeit, um mit seinen Fans zu sprechen, egal wie müde er war – ohne sie war er nichts.

Ein Kind mit dunklen Locken, nicht älter als zehn, betrat schüchtern das Zimmer und Bodhi stand auf, um ihn zu begrüßen. „Hallo, wie ist dein Name, Junge?"

Das Kind blinzelte mit seinen großen grünen Augen zu ihm auf und rührte sich nicht. Bodhi bemerkte die Frau, die das Zimmer hinter dem Jungen betreten hatte, erst, als sie sprach.

„Sein Name ist Tim, Bodhi."

Bodhi erkannte die Stimme sofort und sah geschockt auf.

„Gemma?"

Die blonde Frau lächelte ihn an „Ist schon lange her, nicht wahr?"

Bodhi starrte sie an, immer noch geschockt, seine frühere Geliebte wiederzusehen. Ihr Alter – sie war fünf Jahre älter als Bodhi – hatte ihrer Schönheit nichts anhaben können, aber da war ein gehetzter, verzweifelter Ausdruck in ihren Augen.

„Muss ungefähr zehn Jah..." Bodhi stockte, und die Erkenntnis dämmerte ihm, und er starrte nach unten auf den Jungen, der zwischen ihnen stand. Dunkele Haare, hellgrüne Augen. Bodhis Augen. Es bestand keinen Zweifel.

Tim war Bodhis Sohn. Gemma sah ihn an und ihre Augen füllten sich mit Tränen, als sie sah, wie er eins und eins zusammenzählte. „Es tut mir leid, dass ich dir das antue, Bodhi ... wirklich. Aber mir geht es nicht so gut. Ich muss für eine Zeitlang weggehen, allein. Und ich dachte, es wäre an der Zeit. An der Zeit für Tim, seinen Daddy kennenzulernen."

Bodhis ganzer Körper fühlte sich an, als wäre er mit einem Vorschlaghammer getroffen worden, als er hinunter in das Gesicht seines Sohnes blickte.

MIAMI, Florida

Sailor King folgte Monica durch das Einkaufszentrum. Es war kühl in dem geräumigen Gebäude, aber Sailor war das egal. Sogar Januar in Florida war ihr zu heiß und ihr dunkles Haar klebte ihr an der Stirn und im Nacken. Monica warf ihr einen verärgerten Blick zu.

„Was ist heute mit dir los? Du weißt, dass Bartholomew mich bestraft, wenn wir länger als 2 Stunden brauchen. Wir haben noch nicht einmal dein Brautkleid bis jetzt gefunden."

SAILOR STARRTE MONICA AUSDRUCKSLOS AN. Sie fühlte sich in letzter Zeit so müde, so hoffnungslos, dass sie aufgehört hatte die Tabletten zu nehmen, die sie ihr ihr ganzes Leben lang geben hatten, und jetzt fühlte es sich an, als würde sie durchdrehen. Sie wollte das nicht tun, wollte keinen Mann heiraten, der zweimal so alt war wie sie. Sie wusste, dass sie sich in der Rangfolge ihrer Organisation 'glücklich' schätzen sollte. Andere

Mädchen hatten alles versucht, um Bart Foy zu bekommen, ihren Anführer, ihren Kapitän.

Aber Bart hatte sie ausgesucht. Sie kannte das abstoßende Gefühl, wenn er ihren Körper anschaute - ihre Kurven, ihren flachen Bauch, ihre vollen Brüste - seit sie ein Teenager war. Er hatte ihr Gesicht in seinen Händen gehalten, als sie gerade 14 war, vor einem Jahrzehnt, und es wurde so beschlossen. Sie würde seine neue Frau werden, sobald sie das Alter der Weiblichkeit erreicht hatte - in ihrer Ideologie würde das ihr 25 jähriger Geburtstag in ein paar Wochen sein.

Bart Foy war schon zweimal verheiratet. Seine erste Frau war Tasmin, über die niemand viel wusste. Sie waren verheiratet gewesen, bevor Bart die Gemeinschaft der 'Kinder der Liebe' gegründet hatte, tief in den Everglades von Florida. Seine Frau hatte ihn verlassen, nachdem sie sich geweigert hatte der Mission beizutreten. Barts zweite Frau, Clotilde, war eine schöne, freundliche Französin mit dunklen Haaren, die ihr über den Rücken fielen und einem lieblichen Naturell. Sie war der Gruppe als Lehrerin für die Kinder beigetreten, und Sailor war eine ihrer Schutzbefohlenen. Sie hatte Clotilde sehr nahestanden – Tilly für die, die sie liebten – und als sie in einer entsetzlichen Nacht tot aufgefunden wurde, war Sailor am Boden zerstört.

Bart ließ sie alle an Tillys Körper, der im Schrein in ihrem Tempel aufbewahrt war, vorbeiziehen. „Ich möchte, dass ihr hinseht Kinder. Seht, was euch die Sünde bringt."

Sailor hatte sich immer gefragt, was er gemeint hatte. Als sie herausgefunden hatte – aus heimlichen Geflüster auf dem Schulhof –, dass Tilly eine Affäre mit einem anderen Mann hatte und dass sie erstochen worden war, wusste Sailor sogar mit elf Jahren, was das bedeutete.

. . .

Das Entsetzen, als Bart sie als seine nächste Frau auserwählt hatte, war überwältigend gewesen, aber sie hatte den Kopf in den Sand gesteckt und gedacht, dass der Tag niemals kommen würde. Dann, vor drei Monaten, hatte er sie zu sich gerufen.

„Meine liebe Sailor, deine Weiblichkeit naht bald und für mich scheint es die beste Zeit zu sein, um uns zu vereinen. Dein Geburtstag wird dein Hochzeitstag sein, verstehst du?"

Sie nickte und die Angst in ihr schnürte ihr die Kehle zu. Bart lächelte und berührte ihre Wange. „Gut. Doch ich glaube, wir müssen uns mit ein paar unangenehmen Dingen befassen, bevor du gehst. Wie du weißt, nehme ich meine Position hier sehr ernst und indem ich dich als meine Frau aussuche, musst du eine Botschafterin für uns alle hier sein." Er machte eine Pause und musterte sie. „Du standest Clotilde sehr nah, das weiß ich. Sie hat uns alle betrogen, Sailor. Uns alle. Ihre Strafe ... nun ..."

Er nahm einen Ordner und gab ihn ihr. „Ich werde dich jetzt hier für ein paar Minuten alleinlassen, damit du dir ansehen kannst, was sich in dem Order befindet. Wenn ich wiederkomme, wird das Thema erledigt sein. Das passiert, wenn meine Frauen mich betrügen, Sailor, verstehst du das? Das ist der einzige Grund, warum ich dir diese Bilder zeige."

Sailor nickte erneut. „Gutes Mädchen. Ich lasse dich jetzt allein."

Er verließ sein Büro und Sailor hörte, wie er die Tür von außen verschloss. Sie öffnete den Ordner und fühlte, wie ihr schummrig wurde und ein leises, verzweifeltes Stöhnen entwich ihr, als sie das erste Foto anschaute. Tilly sah zu Tode verängstigt aus, während die zwei Männer auf dem Bild sie nach unten drückten und offensichtlich sicherstellten, dass der Fotograf ein gutes Bild von ihr bekam. Das nächste Foto ließ Sailor aufschreien. Das Messer war tief in Tillys Magen vergraben und ihr Gesicht war schmerzverzerrt. Sailor zitterte, als sie sich die ganzen Fotos von Tillys Mord anschaute, jedes war brutaler als das vorige. Das letzte Foto brach Sailor. Da war jetzt ein weiterer Mann, der an einen Stuhl gefesselt war, geknebelt und gebunden, sein Gesicht in Horror verzogen als er auf den toten Körper seiner Geliebten schaute. Tillys Liebhaber. Sie hatten ihn zusehen lassen, als sie sie umbrachten. Sailor begann zu weinen. Ihr war klar, was Bart ihr damit mitteilen wollte. *Tanz aus der Reihe und du stirbst.*

In diesem Moment wusste Sailor, dass sie alles riskieren musste, um dem einzigen Leben, das sie bisher kannte, zu entfliehen.

Monica sprach mit der Verkäuferin im Hochzeitsladen. Sie war daran gewöhnt, dass Monica und Sailor kamen – Sailor war sehr wählerisch und nutze die Zeit, die Ankleideräume gründlich nach Fluchtmöglichkeiten abzusuchen. Das wurde fast von Monica vereitelt, die darauf bestand, sie bei der Anprobe zu begleiten. Sailor nutze ihre einzige Waffe – sie war die Auserwählte von Bart. „Ich denke nicht", sagte sie von oben herab zu Monica, „dass Bart es schätzen würde, wenn du meinen Körper vor der Hochzeit siehst. Ich gehöre *ihm*, Monica, und nur ihm allein."

Ihre versteckte Drohung traf ins Schwarze und Monica ließ sie allein anprobieren. Sailor war vorsichtig, ließ sich niemals zu viel Zeit zwischen den Anproben, hatte aber trotzdem genügend Zeit, den Grundriss des Ladens auszukundschaften.

Jetzt konnte sie es kaum noch erwarten. Vorsichtig. Vorsichtig. Sie wählte mit Bedacht und nahm dann das Kleid mit sich. Es war eine vollkommen angemessene Wahl, Lagen um Lagen aus Tüll, etwas, das sie in einer Millionen Jahren niemals tragen würde, aber Sailor wusste, was sie tat. Das Shirt, das sie heute trug, war zu groß und ihre Hosen waren Cargohosen. In den vielen Taschen hatte sie das Geld versteckt, das sie in den letzten drei Monaten gesammelt hatte, gestohlen aus der Gemeinschaftskasse, immer ein bisschen, jeden Tag. Ihre Geburtsurkunde und Sozialversicherungsnummer und alles, was sie an jenem schrecklichen Tag in Barts Büro gefunden hatte und ihr nützlich sein konnte, hatte sie bei sich. Sie hatte sogar ein kleines Taschenmesser, das in der Gesäßtasche ihrer Hose steckte. Alles in allem hatte sie zwar nur ein paar hundert Dollar, aber es war genug für einen Busfahrschein. Danach würde sie schon weitersehen.

Monica zuckte nicht einmal, als Sailor zu den Umkleideräumen ging und ihr zurief: „Es dauert nur eine Sekunde."

Monica grinste hämisch. Das Monstrum, das Sailor trug, würde mehr als nur eine Sekunde dauern, um es anzuziehen. *Blöde Schlampe.* Tat so, als wäre sie etwas besonderes. *Schau nur, wie gut dir das getan hat Tilly, du Schlampe.* Sie drehte sich wieder zu der Verkäuferin um, die alles von der Gemeinschaft wusste, alles über Barts Vorlieben. Monica hatte ihr eines Tages im Bett alles darüber erzählt. Das Mädchen, Bettina, war ein guter, wenn auch unerfahrener Fick gewesen und Monica würde es nicht ablehnen, sie noch einmal zu haben.

Der Alarm heulte durch den Laden und beide Frauen erschraken. „Was zur *Hölle?*"

„Die Feuertür", Bettina sah ängstlich aus, als Monica laut fluchte und eine Klinge herauszog und zu den Umkleideräumen rannte.

„Verdammte Schlampe ..." Sie sah, dass die Fluchttür weit offen stand und das Hochzeitskleid auf dem Gang lag. „Verdammte Schlampenfotze!", schrie Monica, rannte den Gang entlang und um die Ecke zum Ausgang, dicht gefolgt von Bettina. Beide traten in ihrer Eile nach draußen zu kommen auf das Kleid, aber Sailor hatte alles in kleine Stücke geschnitten und ihre Füße verhedderten sich und beide fielen zu Boden.

Bettina schrie auf, als Monicas Messer zu nah an ihre Kehle kam.

„Halt das Maul, du blöde Schlampe." Monica schnitt den Stoff durch und versuchte beide zu befreien. Durch die Fluchttür konnte sie den Parkplatz sehen und Monica suchte ihn mit den Augen ab, versuchte Sailor zu finden.

Sailor sprang von der Wand des Ankleideraumes und glitt leise in den Hauptraum. Sie ging zur Kasse und hoffte, dass irgendeine reiche Tussi bar bezahlt hatte. Sie hatte Glück. Sie zog einen Stapel Zwanziger aus der Kasse und fegte jede Münze und jeden Schein in ihre Tasche. Dann lauschte sie und stellte sicher, dass sie Monica noch immer in der Ferne fluchen hören konnte und nahm dann schnell die Perücken von den Ankleidepuppen im Fenster. In einem teuren Geschäft wie diesem nutzen sie echte Menschenhaarperücken und sie konnte sie gebrauchen, um sich zu verkleiden und später zu verkaufen. Sie stopfte sie alle in eine Plastiktüte und dann war sie frei. Sie rannte zum Ausgang des Einkaufszentrums und hinaus in den Sonnenschein von Florida, stoppte ein Taxi und bat den Fahrer sie zur Bushaltestelle zu bringen. Eine halbe Stunde später saß sie im Bus, geduckt, sich versteckend ...

Und atmete das erste Mal in ihrem jungen Leben frei.

KAPITEL ZWEI

Los Angeles, sechs Monate später ...

Bodhi aß halbherzig sein Stück Toast, während er seinen Sohn beobachtete, der sein Müsli in seiner Schüssel hin- und herschob. „Kind, das wird alles ganz matschig, wenn du das tust."

„Ich mag es matschig."

Bodhi seufzte. Nun, zumindest redete Tim jetzt mit ihm. „Also gut."

Tim warf seinem Vater einen kurzen Blick zu und sah schnell wieder weg, als Bodhi seinen Blick erwiderte. „Kann ich jetzt zur Schule gehen?"

Bodhi nickte, da er nicht wusste, was er sonst tun könnte. Seit Gemma Tim bei ihm gelassen hatte, war das zu ihrer täglichen Routine geworden. Tim hatte sich Gott sei Dank gut in seiner neuen Schule eingefügt, aber zu Hause ...

Zu Hause, dachte Bodhi verbittert, *herrscht kalter Krieg.* Tim hatte sich mit ihm überhaupt nicht angefreundet, war mürrisch, still und abweisend. Bodhi wusste, dass Tim ihm die Schuld dafür gab, dass seine Mutter weg war, aber Bodhi hatte keine Ahnung, was er dagegen tun konnte. Poppy, seine Assistentin hatte plötzlich gekündigt und ihm gesagt, dass es ihr leid tue, aber es hätte nicht in der Jobbeschreibung gestanden, dass sie auf ein Kind aufpassen sollte.

„Das ist nicht mein Ding, Bodhi, tut mir leid."

Seitdem hatte Tim zwei Kindermädchen und einen Englischlehrer vergrault. Bodhi hatte Auftritte abgesagt, Interviews, Aufnahmetermine, um seinem Sohn näher zu kommen, aber nichts funktionierte. Tim war komplett unbeeindruckt von den Musikern, mit denen sein Vater befreundet war, und es interessierte ihn nicht im Geringsten, welche Instrumente Bodhi spielte. Sogar das unbezahlbare Grand Piano im Wohnzimmer konnte sein Interesse nicht wecken. Tim blieb in seinem Zimmer – seinem-mit-allem-was-ein-kleiner-Junge-begehren-könnte-angefülltes-Zimmer – und probierte nicht einmal den Pool aus oder erforschte das große Grundstück von Bodhis luxuriöser Hollywood-Villa.

BODHI SETZTE sich hinter das Steuer seines RAV4 und sie machten sich auf eine weitere schweigende Fahrt zu Tims Schule. Gemma hatte verlangt, dass Tim die beste Ausbildung erhielt, und Bodhie sah darüber hinweg, dass sie Forderungen stellte, obwohl sie ihn um einen riesigen Gefallen bat, und hatte zugestimmt. Gott, er würde *alles* für seinen Sohn tun. Das war ihm von dem Moment an klar, an dem Gemma Tim in sein Leben gebracht hatte. Er wünschte sich nur, dass er sich anders als ein Vater, der versagt hatte, fühlen könnte. Er warf Tim einen Blick zu.

„Hey, Kleiner? Was hältst du davon, wenn wir dir am Wochenende einen neuen Laptop kaufen?"

Tim sah ihn mit diesen großen grünen Augen an, die gerade noch ein bisschen größer wirkten. „Wirklich?"

„Wirklich."

„Danke, Bodhi."

Fortschritt, auch wenn er sich wünschte, dass Tim ihn Dad nennen würde. Entschlossen das nicht zu erzwingen und die Stimmung zu zerstören, lächelte er Tim einfach an und wurde mit einem kleinen Lächeln belohnt. „Deiner ist uralt, ich bin überrascht, dass er noch funktioniert."

Tims Lächeln verschwand und er wandte den Blick von seinem Vater ab. „Evan hat mir den Laptop gegeben, bevor er fortgegangen ist."

Ah, der heilige Evan. Bodhi seufzte. Wenn Tim überhaupt über sein Leben vor Bodhi sprach, dann war es über seinen früheren Stiefvater Evan. Evan Witter war ein Detective oben in Portland und wenn man Tim Glauben schenkte, dann war es der unglaublichste Mann überhaupt. Evan hatte Tim quasi von der Geburt an aufgezogen und Bodhi war dankbar dafür. Er wünschte und hoffte einfach, dass Witter ein paar Schwächen hätte, damit er, Bodhi, sich nicht wie ein Versager vorkam. Als Evan und Gemma sich getrennt hatten, war Tim am Boden zerstört gewesen. Und nun hatte Bodhi Evans letztes Geschenk an Tim beleidigt.

Bodhi öffnete den Mund, um sich zu entschuldigen, schloss ihn aber wieder. Warum es überhaupt versuchen? Er lies Tim an der Schule heraus und bekam ein knappes „Tschüss."

Er warf einen Blick auf die Uhr und fuhr in das Stadtzentrum von L.A. zu dem Büro seines Agenten. Maurice hatte ihn zu sich bestellt und versuchte offenbar ihn nach 6 Monaten wieder zurück ins Geschäft zu bringen. Bodhis kleiner Urlaub brachte Maurice keine 15 Prozent und er fing an deswegen zu maulen.

Vielleicht ist es an der Zeit, dass ich wieder zu arbeiten anfange, dachte Bodhi jetzt, als er sich auf die Suche nach einem Parkplatz machte. *Ich bin mit Sicherheit keine große Hilfe daheim.* Er seufzte, stieg aus dem Auto und öffnete die Tür zum Büro.

Sailor biss an diesem Morgen die Zähne bereits zum vierten Mal zusammen, Maurice Winston hatte sich über sie gebeugt und presste seinen verschwitzten Körper an ihren. „Ich mache Platz", sagte sie genervt, schob ihren Sessel zurück, so dass er ihn am Knöchel traf.

Sie arbeitete seit drei Monaten für Maurice und wenn sie das Geld nicht so dringend gebraucht hätte und sich in ihrem kleinen Appartement verstecken müsste, dann hätte sie am ersten Tag, nachdem sie angefangen hatte, bereits schon wieder gekündigt.

Maurice Winston war ein schmieriger Typ, der seine Assistenten ganz klar als sein Eigentum betrachtete. Wenn er ihr gegenüber nicht irgendwelche widerwärtigen Andeutungen machte, dann war er einfach grob, kritisierte jede Bewegung, auch wenn Sailor sein kleines Büro mit größter Sorgfalt führte. Ihre Vergangenheit, die Regeln der Gemeinschaft, hatten ein Gutes gehabt, sie war organisiert, effizient und pünktlich und sie wusste, dass Maurice das auch wusste.

Aber die tägliche Belästigung ... war es das wert? Sie hatte sich nach anderen Jobs umgesehen, aber es schien als ob der Rest von L.A. im Moment niemanden einstellte. Sie hatte keine Wahl, als sein Verhalten hinzunehmen.

Den Fängen der Kinder der Liebe zu entkommen, war gerade erst der Anfang ihres turbulenten neuen Lebens gewesen. Sie war nach Tagen der Reise aus dem Bus in L.A. ausgestiegen, hatte in ein kleines Hotel eingecheckt und nach einer heißen Dusche, einer durchgeschlafenen Nacht und Essen aus dem Automaten, hatte sie ihre Finanzen überprüft. Das Geld, das sie gestohlen hatte, reichte, um einen Monat lang überleben zu können – sie hatte jedenfalls keinerlei Schuldgefühle, dass sie es genommen hatte. Sie sah sich die lokalen Nachrichten von

Miami auf einem Computer in der örtlichen Bibliothek an. Der Raub und ihr Verschwinden wurden nicht erwähnt. *Nein, denn ich weiß zu viel, stimmt's Bart? Ich weiß von Tilly. Was du ihr angetan hast.*

Sogar jetzt ängstigte sie der Gedanke an Barts Wut. Sie wusste, dass er versuchen würde sie zu finden und wenn er das tat, dann war sie eine tote Frau. Sie hatte ständig Alpträume davon, wie er sie erstach. Aber als die Zeit verging, begann sie sich in ihrem neuen Leben zu entspannen. Sie fand eine Wohnung in der Nähe von Maurice Büro und auch wenn es winzig war, liebte sie es. Sie begann sich einzurichten - Bücher, Schallplatten, Blumen auf jeder Oberfläche. Sie liebte sogar die kleine Küche und fing an sich beizubringen, wie man kochte. Jeden Abend nach er Arbeit kam sie nach Hause, zog sich gemütliche Sachen an und kochte, sah fern, hörte Musik oder las. Und sie liebte jede Sekunde. Es gehörte ihr und nur ihr allein.

Maurice lass jetzt einen Brief. Sie setzte sich in ihren Sessel und begann durch die Post zu gehen und erwähnte von Zeit zu Zeit wichtige Dinge. Er grunzte, als würde er nicht wirklich zuhören, und Sailor rollte mit den Augen. Das bedeute, dass sie Überstunden machen und Notizzettel für alles schreiben musste, was er wissen musste. *Arschloch.*

Sie war so in ihre Arbeit vertieft, dass sie nicht bemerkt hatte, wie er den Brief beiseite gelegt hatte und jetzt dicht hinter ihr stand. Sailor stand auf, um eine Fotokopie anzufertigen – und Maurice stürzte sich auf sie.

Er schob einen Fuß unter sie und Sailor verlor das Gleichgewicht und fiel in Maurice's Umklammerung. Er stolperte mit ihr zusammen zur Couch und begann sie zu küssen. Sailor wehrte sich, geriet in Panik, wütend und entsetzt. „Nimm deine verdammten Hände von mir!"

Maurice grinste. „Komm schon Sailor, du hast das doch kommen sehen. Wehr dich nicht. Ich weiß, dass du mich willst."

Sailor trommelte mit ihren Fäusten gegen seine Brust. „Lass mich los, du Schwanzlutscher! Geh von mir runter!"

MAURICE SCHOB IMMER NOCH GRINSEND ihren Rock bis zu ihren Hüften hoch. „Komm schon, Süße, zeig mir deine süße Fotze."

In dem Moment vergaß sich Sailor, zog ihren Arm zurück und schlug Maurice auf sein Auge, wobei ihr Ring ein großes Stück Fleisch unter seiner Augenbraue wegriss. Er rollte sich zurück und brüllte vor Schmerz. „Verdammte Schlampe!"

Sailor kroch von ihm weg, aber er griff ihren Knöchel und zog sie zurück. „Ich werde dich umbringen, du verdammte Hure."

„Stell dich hinten an, Arschloch", zischte Sailor und trat ihn heftig in seine Genitalien. Maurice schrie und krümmte sich zusammen und Sailor rutschte von ihm weg. „Ich kündige, du Monster. Und glaub mir, ich werde mich an die Polizei *und* die Presse wenden. Du wirst *niemals* wieder Hand an mich legen, du Mistkerl!" Sie kochte jetzt, jedes bisschen Schmerz, das sie in ihrem Leben erfahren hatte, entlud sich in ihrer Wut. „Wer zur *Hölle* glaubst du, dass du bist, dass du mich so anfassen kannst?"

Maurice lächelte bösartig. „Mehr als du jemals in dieser Stadt sein wirst, Fotze. Wie kannst du nur so naiv sein? Hast du wirklich gedacht, ich habe dich wegen deines Schreibtalents eingestellt? Nein, *Prinzessin*, ich habe es getan, weil ich dich ficken wollte ... und ich bekomme *immer*, was ich will."

Er griff erneut nach ihr und hatte seine Hände um ihren Hals, würgte sie, während sie versuchte zu schreien und sich gegen seine Hände wehrte. Maurice trat ihre Beine auseinander und riss ihr das Unterhöschen vom Leib und dann hörte sie, wie sich sein Gürtel und Reißverschluss öffnete.

Oh Gott, nein, bitte, nicht so ...

Sie wand sich unter ihm und seine Hände lösten sich ausreichend, damit sie schrien konnte. Maurice Körpergewicht lag schwer auf ihr und sie wusste, dass er die Oberhand hatte.

Plötzlich war da ein Tornado aus frischer Luft, die hereinwehte, als die Tür aufflog und ein Mann, sein schönes Gesicht wutverzerrt und geschockt, riss Maurice von Sailor hinunter und warf ihn quer durch den Raum. Wenn Sailor neben Maurice wie ein Zwerg aussah, dann war dieser Mann ein Riese und Maurice keine Herausforderung.

„Was zur Hölle glaubst du, was du da tust?" Er brüllte Maurice an, der versuchte aufzustehen. Ihr Retter hielt Sailor die Hand hin und sie ergriff sie, am ganzen Körper zitternd, dankbar. „Geht es dir gut, Liebes?"

Sailor starrte in die großen grünen Augen des Mannes und sah nur Mitleid dort und sie schüttelte ihren Kopf. Er legte sanft seinen Arm um ihre Schulter. „Es ist okay, ich werde nicht zulassen, dass er dir noch einmal zu nahe kommt. Du", er wandte sich Maurice zu. „Du bist gefeuert, Maurice. Wie kannst du es wagen, dich so zu benehmen?"

Maurice richtete seine Kleidung. „Oh, halt's Maul, Bodhi, es war nur ein kleiner Spaß."

Bodhis Gesicht war ein Bild aus Zorn und Ekel. „Ein kleiner Spaß? *Spaß?* Wenn eine Frau so schreit, dann ist das kein Spaß, Maurice, das ist *Vergewaltigung.*" Er wandte seine schönen Augen wieder Sailor zu. „Liebes, wie heißt du?"

„Sailor." Ein Flüstern, ihre Kehle rau vom Würgen. Bodhi strich ihr sanft über die Wange und wischte ihre Tränen fort.

„Sailor, Süße, wir müssen zur Polizei gehen. Ich werde hundertprozentig deine Aussage bestätigen."

„Jetzt warte mal kurz ..."

„Halt verdammt noch mal dein Maul, Maurice. Sofort." Das Brüllen eines Löwen.

Maurice hielt verdammt noch mal sein Maul. Bodhi brachte Sailor zu einem Stuhl und zog sein Telefon heraus, aber Sailor legte ihre Hand darüber und schüttelte ihren Kopf. Bodhi runzelte die Stirn. „Bist du sicher?"

Sie nickte und erwiderte seinen Blick. Sogar durch ihre Tränen und den Schock hindurch, war sie hingerissen von der Schönheit dieses Mannes, seiner Anmut, seiner Freundlichkeit. Sie wollte die Augen schließen und sich an ihn lehnen und mit den Armen um ihn einschlafen. Sie seufzte. „Ich will hier nur weg", sagte sie leise.

Bodhi berührte ihre Wange. „Dann lass uns gehen. Maurice du kannst dich glücklich schätzen, dass Sailor keine Anzeige gegen dich erstattet, aber von diesem Moment an bist du nicht länger mein Agent."

Maurice schien zu realisieren das seine größte Milchkuh gerade zur Tür heraus spazierte. „Jetzt warte doch Bodhi, es gibt keinen Grund ..."

Bodhi richtete seine wütenden Augen auf den anderen Mann. „Es gibt *jeden* Grund, Arschloch."

Maurice lächelte boshaft. „Dann solltest du wissen, dass ich alles in meiner Macht Stehende tun werde, um dich in dieser Stadt kaputt zu machen. Alles."

„Fang schon mal an", sagte Bodhi ruhig. „Versuch es. Schauen wir mal, wie weit du kommst." Er nahm Sailors Hand und zog sie auf die Füße. „Komm, Süße, nimm deine Sachen und lass uns verschwinden."

Sailor nickte und nahm schnell ihr Geldbörse und ein paar persönliche Dinge von ihrem Schreibtisch. Maurice beobachtete sie.

„Ich brauche dir gar nicht erst zu sagen, dass du nie wieder in dieser Stadt arbeiten wirst, du kleine Schlampe."

Bodhi trat zu Maurice und schlug ihn so hart, dass er quer durch den Raum flog. „Du sprichst nie wieder mit ihr, oder irgendeiner anderen Frau so, Mistkerl. Du kannst dich glücklich schätzen, dass Sailor die Polizei nicht einschalten will, aber glaub mir, wenn ich noch einmal so was von dir zu Ohren kommt, dann werde ich deine Frau und ihren Milliardärsdaddy anrufen. Und jetzt hau ab." Er sah Sailor an, die ihn beobachtete und an der Tür wartete und warf ihr ein breites Lächeln zu. Sailor hatte plötzlich Schmetterlinge im Bauch. „Davon abgesehen", fuhr Bodhi fort, „liegst du vollkommen falsch. Sailor hat schon einen neuen Job. Wenn sie einwilligt, dann wird sie für mich arbeiten, und für das doppelte Gehalt. Und nicht nur das, ich werde sicherstellen, dass jeder Arbeitgeber in dieser Stadt sie kennt und respektiert. Denk darüber nach, Maurice."

Er ging zu Sailor und hielt ihr seine Hand hin. „Bereit zu gehen, Süße?"

SAILOR LÄCHELTE und nahm seine Hand.

In Bodhis Auto hörten Sailors Hände endlich auf zu zittern. Sie schaute den Mann an ihrer Seite an. Bodhi Creed ... sie hatte von ihm gehört, natürlich, er war der größte Kunde von ihrem Boss – nein, Ex-Boss - und sie hatte ihn noch nie vorher getroffen oder mit ihm gesprochen. Seine Anziehungskraft war mächtig, und sogar jetzt, als er nur neben ihr saß, konnte sie nicht anders, als zu bewundern, wie gut er aussah. Dunkle Haut, Stoppelbart, dunkle Locken, die ihn um den Kopf hüpften. Und diese Augen, Gott, sie könnte sich in ihnen verlieren. Sie rief sich scharf zur Ordnung. *Verliebe dich nicht.*

„Danke für das, was Sie für mich getan haben, Mr. Creed. Ich kann das niemals wiedergutmachen."

Er wandte sich zu ihr und lächelte. „Bodhi ist mein Name und es gibt nichts wiedergutzumachen. Geht es dir jetzt besser?"

Sie nickte. „Das tut es. Danke. Wohin fahren wir?"

Bodhi zwinkerte. „Eigentlich wollte ich nach Hause fahren. Automatisch, weißt du? Würdest du dich besser fühlen, wenn wir irgendwo hinfahren, wo wir in der Öffentlichkeit sind? Ich dachte, ich könnte dir was zu essen machen."

Ein Rockgott der ihr Mittagessen zubereitete? Passierte das wirklich? Er war so ... normal. So bodenständig. „Das musst du wirklich nicht."

Bodhi grinste. „Um ehrlich zu sein, liebe ich es, für andere Menschen zu kochen. Ich genieße Gesellschaft. Wie wäre es, wenn ich dich fragen würde, anstatt nur anzunehmen? Sailor, würdest du gern mit mir zu Mittag essen?"

Und Sailor hatte keinen Zweifel daran, dass sie das wirklich gern würde.

Sailor stöhnte und legte die Hand auf ihren Bauch. Bodhi Creed wusste, wie man kochte. „Ich glaube, du warst kurz davor mich umzubringen." Sie grinste ihn an. „Das war unglaublich, danke. Ich glaube, ich brauche jetzt ein paar Wochen lang nichts mehr zu Essen."

BODHI LACHTE und steckte sich das letzte Stück Steak in den Mund. Der Salat mit Gorgonzola und Steak waren seine Spezialität. Dazu gab es frisch gebackenes Brot – was er, wie er zugab, aus dem Laden hatte – frische Pfirsiche und einen leichten Pinot Grigio und Sailor war im Himmel. „Sicher, dass ich dich nicht noch zu etwas Eis oder etwas anderem verführen kann?"

„Gott", sagte Sailor. „Ich liebe Eis, aber selbst mein Puddingmagen ist voll."

„Dein Puddingmagen?" Bodhi lachte laut und Sailor grinste ihn an.

„Ja, du weißt schon, wenn du so voll bist, dass du nicht mehr kannst, aber dann kommt jemand mit etwas Süßem und es geht doch noch?"

„Außer heute. Ist der Puddingmagen außer Gefecht gesetzt?"
„Ja, Sir."
Bodhi gluckste. „Wenn meine Mutter hier wäre, dann hätte sie dich dazu überredet. Sie macht selbst Eis, seit ich ein Kind war. Familienrezept."
„Deine Mutter ist Italienerin?"
„Ja. Eine Künstlerin. Sie lebt in Florenz und ich sehe sie nicht so oft, wie ich das gern hätte. Sie würde dich mögen, Sailor. Sie hasst Frauen, die nur im Essen herumstochern. Ich auch. Eine der großen Lebensfreuden ist Essen."
„Besonders wenn es von einem Rockstar zubereitet wurde", grinste Sailor und er prostete ihr lachend zu.

Sie saßen auf seiner Terrasse und ließen ihre Blicke über die entfernten Hügel von Los Angeles schweifen. Sein großer Pool schimmerte leuchtend blau in der Sonne und eine kleine Brise nahm etwas von der Hitze des Nachmittags. Sailor musterte ihren Gastgeber. „Lebst du allein hier?"

Bodhi schüttelte seinen Kopf. „Nein, mein Sohn ist im Moment hier. Er ist zehn und sein Name ist Tim."

Er griff in die Tasche, zog seinen Geldbeutel heraus und zeigte Sailor ein Foto. Sie betrachtete es. „Bezaubernd. Er ist dein jüngerer Doppelgänger", sagte sie nickend.

„Nur was das Aussehen betrifft, fürchte ich." Bodhi lächelte traurig. „Während sein alter Vater ein Exhibitionist und Angeber ist, hat Tim eher eine Neigung zur Wissenschaft. Nicht, dass das etwas Schlechtes wäre. Er repariert ständig Dinge um mich herum." Bodhi starrte eine Weile lang ins Nichts. „Ich kannte ihn bis vor 6 Monaten nicht und hatte keine Ahnung, dass es ihn gibt. Seine Mutter, Gemma, war vor einem Jahrzehnt meine Freundin und wir hatten lange nichts mehr voneinander gehört. Sie kam zu mir, sagte, dass sie Zeit für sich selbst bräuchte und dass ich jetzt an der Reihe wäre meinen Sohn aufzuziehen." Er sah Sailor an und zuckte hilflos mit den Schultern. „Ich habe keine Ahnung, was ich tue, Sailor. Absolut keine. Und Tim ... Tim widersetzt sich mir."

Sailor war von seiner Offenheit beeindruckt, aber froh darüber, dass er sich ihr öffnete. Noch vor zwei Stunden waren sie Fremde gewesen. „Ich denke, dass du dich besser schlägst, als du denkst, Bodhi. Es muss schwer sein, es gibt keine Anleitung, wenn es um Kinder geht."

Sie dachte daran zurück, wie sie aufgezogen wurde – dort in dem Kult, da gab es definitiv ein Nutzerhandbuch und es war eines über Unterwerfung, Terror und Manipulation.

„Sailor? Alles in Ordnung?"

Sailor bemerkte, dass sie die Stirn gerunzelt hatte und grinste verlegen. „Entschuldige. Ich war in Gedanken versunken."

„Schlimme Kindheit?"

„Etwas in der Art." Aber sie wollte die Stimmung nicht ruinieren, indem sie ihm etwas erzählte – davon abgesehen hatte sie sich geschworen, dass sie es niemals irgendjemanden erzählen würde. Wenn Bart erfahren sollte, wo sie war ...

„Ich habe es ernst gemeint, als ich sagte, dass ich dich einstellen möchte, Sailor. Ich brauche ziemlich dringend eine persönliche Assistentin."

Sailor war plötzlich eingeschüchtert. „Ich würde hart für dich arbeiten, Bodhi, das gebe ich zu, aber ich möchte nicht, dass du denkst, dass ich deine Freundlichkeit ausnutze. Du hast in den paar Stunden schon mehr für mich getan als sonst irgendjemand in meinem ganzen Leben."

Bodhi blickte sie besorgt an. „Das ist falsch, Sailor. Ich bin einfach froh, dass ich dort war ... du schuldest mir nichts. Aber ernsthaft, bitte gib mir eine Chance. Ich bezahle dir das Doppelte, ach was, das Dreifache von dem, was Winston dir gezahlt hat. Ich weiß, dass du dich zwischen mich und Winston gestellt hast, als ich mir frei genommen habe."

Sie wollte protestieren und er grinste. „Lass es bleiben, ich weiß, dass du es warst. Die netten E-Mails, dass ich mir so viel Zeit nehmen soll, wie ich brauche – das warst du."

Sailor war jetzt hochrot. „Ich weiß, wie es ist, wenn man persönliches ... Zeug um die Ohren hat. Manchmal muss man einfach weg."

Bodhi nahm die Flasche Wein und goss den Rest in ihr Glas. „So ist es. Also ... ja?" Er hob sein Glas und Sailor nahm ihres.

„Ja", sagte sie schlicht und stieß mit ihm an.

Er fuhr sie nach Hause, bevor er Tim von der Schule abholte. „Ich hole dich morgen kurz nach neun Uhr morgens ab", sagte er. „Und wir werden dir so schnell wie möglich ein Auto leasen. Wie klingt das?"

Sie lächelte ihn an."Das klingt großartig, danke Bodhi. Und danke für das Essen und den Job ... dafür, dass du mich heute Morgen gerettet hast. Ich hoffe, ich kann deine Freundlichkeit wiedergutmachen."

Bodhi legte seine Finger an ihre Wange. „Und du passt auf dich auf, Kleines. Maurice weiß nicht, wo du wohnst, oder?"

Sie schüttelte ihren Kopf. „Nein, Gott sei Dank nicht. Alles wird gut werden. Ich sehe dich morgen Früh."

„Gute Nacht, Sailor."

Er beobachtete, wie sie die Stufen zu ihrem Apartment hinaufging und ihm winkte, als sie die Tür öffnete. Er lächelte und winkte zurück, bevor er sich wieder in den Verkehr einordnete.

Sailor King. Als er an diesem Morgen die Tür zu Maurice Büro geöffnet hatte und sah, wie sie angegriffen wurde, war seine Wut ins Unermessliche gestiegen. Sie war so zierlich, so zerbrechlich … natürlich hatten sich seine Instinkte eingeschaltet. Irgendwie war er froh von Maurice Winston weg zu sein. Er hatte den Man niemals gemocht, aber er war der beste Agent in Hollywood. *Scheiß drauf.* Wozu zur Hölle brauchte er überhaupt einen Agenten? Er war ein Musiker verdammt noch mal. Er hatte eine Kontaktperson in San Francisco, Emily Moore, die ihm ihre Karte voriges Jahr bei einem Konzert gegeben hatte und ihm gesagt hatte, er solle anrufen, wenn er jemanden brauchte, der ihn vertrat. Emily war obendrein wunderschön aber komplett in ihren Freund Dash Hamilton verliebt, einem der Partner der Quartet Record Company. Quartet hatte ihm auch Angebote gemacht, da sie wussten, dass sein Vertrag mit Sony auslief.

Vielleicht ist es an der Zeit für eine Veränderung, dachte er. *Vielleicht sollte ich alles etwas langsamer angehen.* Es war ja nicht so, dass er nicht genug Geld hätte – vor nicht mal drei Monaten hatte Forbes seinen Internetwert auf eine knappe Milliarde gesetzt.

Aber einige Dinge waren mehr wert als Reichtum, eine Menge Dinge, um genau zu sein, sagte Bodhi jetzt zu sich selbst. Sein Sohn kam dabei an erster Stelle. Er hatte alles versucht, um zu Tim durchzudringen. Ob Tim es nun realisierte oder nicht, Bodhi war völlig vernarrt in ihn - nur im Moment war er sich nicht sicher, ob er ihn *mochte*.

Ein neues Leben. Eine neue Assistentin. Eine neuer Freund. Sailor. Bodhi lachte und schüttelte seinen Kopf. Wie schnell das Leben sich veränderte. Natürlich, er war ein Mann, und ihre zerbrechliche Schönheit war nicht unbemerkt an ihm vorbeigegangen. Die langen Wellen ihrer dunkelbraunen Haare, die ihr fast bis zur Hüfte reichten, die großen dunklen Augen, die zarte Röte ihrer Wangen. Und ihr Lächeln … er hatte sie endlich nach dem Trauma einer fast Vergewaltigung beim Essen zum Lachen gebracht und ihr Lächeln hatte seinen Tag bereichert. Ihr ganzes Gesicht schien dabei zu leuchten. Sie war jung, viel zu jung für den Mist, der ihr passiert war.

Und sie ist wahrscheinlich zu jung für dich, Kumpel, also halte deine Gedanken sauber. Seufzend musste Bodhi zugeben, dass das wahr war. Wenn er Sailor in seinem Leben behalten wollte, dann musste er sich professionell verhalten und erotische Gedanken für sich behalten. Sie verdiente, dass er sie so behandelte.

Beim Abendessen erzählte er Tim von seiner neuen Assistentin, aber Tim zuckte nur mit den Schultern und sagte: „Okay." Bodhi fragte sich, ob es das Kind überhaupt interessierte, wer in seinem Leben war.

„Hey, wie wäre es, wenn wir am Wochenende zum Strand gehen? Warst du jemals am Venice Beach?"

„Evan hat mich ständig dort mit hingenommen."

Natürlich. Bodhi fing an diesen Evan zu hassen. „Also gut, wie wäre es mit der Karibik? Ich habe ein Haus auf einer Insel dort unten."

Tims Augen wurden groß und Bodhi freute sich. Endlich, Tim war beeindruckt. „Ehrlich?"

„Ganz ehrlich. Wir können am Freitag nach der Schule fliegen und am Sonntag zurückkommen. Was sagst du?"

Tim musterte seinen Vater und Bodhi fragte sich zum millionsten Mal, was in seinem Kopf vor sich ging. „Okay."

Bodhi lächelte. Er wollte noch etwas sagen, andere Dinge vorschlagen, die sie tun könnten, aber er wollte sein Glück nicht herausfordern. Das war genug ... für den Moment.

KAPITEL DREI

„Die *Karibik*?" Sailor starrte ihn an und Bodhi lachte über ihr ungläubiges Gesicht.

„Genau. Willst du mitkommen? Ich zahle natürlich alles."

Sailor lehnte sich in den Beifahrersitz und schüttelte ungläubig ihren Kopf. „Vor 24 Stunden haben wir uns nicht einmal gekannt und jetzt hast du mich eingestellt und bietest mir einen Traumurlaub auf einer tropischen Insel? Das ist nicht real."

Bodhi grinste. „Hör zu, wenn dich das zu sehr verstört, dann sieh es einfach als Dienstreise. Ich muss herausfinden, was ich tun will, und brauche dich dabei, um mir zu helfen."

„Auf einer *tropischen* Insel", wiederholte sie und lachte. „Also ... ich würde gerne, aber ich habe keinen Reisepass."

Bodhis Augenbrauen schossen in die Höhe. „Hast du nicht?"

„Nein." Sailor schüttelte ihren Kopf und ihr Lächeln verblasste. Bodhi sah sie einen Moment lang forschend an und wandte sich dann wieder der Straße zu.

„Okay ... wir können das bis Freitag auf die Reihe bekommen. Du hast eine Geburtsurkunde, oder?"

Sailor nickte. Sie hatte sie an dem Tag, als er sie alleingelassen hatte, zusammen mit ein paar anderen Dingen, auf denen ihr Name stand, aus Barts Büro gestohlen. Als sie in L.A. ankam, war sie zur Stadtgemeinde gegangen und hatte ihren Namen von Sailor King zu Sarah Halls ändern lassen. Zumindest konnte sie den Namen legal nutzen, auch wenn es ihr schwerfiel, sich selbst Sarah zu nennen und den Menschen immer zu erzählen, dass ihr Spitzname Sailor sei, und davon ausging, dass es sicher war, das zu tun.

„Bist du noch niemals verreist, Sailor?"

Sie zwinkerte, holte sich wieder in die Gegenwart und schüttelte ihren Kopf. „Nein, niemals. Ich war noch niemals in einem Flugzeug und bin noch niemals irgendwohin geflogen."

Bodhi sah erstaunt aus und lächelte sie dann an. „Dann ist das entschieden. Es ist unfassbar, dass du noch niemals verreist bist. Besonders mit einem Namen wie *Sailor*. Wir beantragen deinen Reisepass und du kannst mit uns kommen. Okay?"

Sailor zögerte, bevor sie nickte. „Okay ... danke, Bodhi." Sie lachte kurz auf. „Ich bin mir sicher, dass ich träume."

Später am Tag, nachdem Bodhi ihr erklärt hatte, was er von seiner Assistentin erwartete, und Sailor der neuen Herausforderung gespannt entgegensah, holte Bodhi Tim von der Schule ab und stellte ihm Sailor vor. Sailor grinste den kleinen Jungen an.

„Hey, toll dich kennenzulernen." Sie deutet auf einen Aufnäher auf seiner Jacke – ein Hahn, der Feuer spuckte. „Hey, du magst Rhett und Link?"

Tim sah die Erwachsene, die offensichtlich wusste, wer Rhett und Link waren, erstaunt an und nickte mit einem schiefen Lächeln. „Heute essen wir Eis mit Haargelgeschmack."

Sailor grinste, wissend, dass er wollte, dass sie die zwei Internetkomödianten nachahmte. „Lass uns darüber reden", witzelte sie und Tim lachte erfreut.

Bodhi sah zwischen ihnen hin und her. „Ich habe keine Ahnung, wovon ihr beide redet."

Sailor rollte mit den Augen und zwinkerte Tim zu. „Großvater", sagte sie in aufgesetzten Flüsterton und brachte Tim damit zum Kichern. Bodhi grinste bei dem Klang und sah Sailor dankbar an.

„Sailor hat sich gerade damit einverstanden erklärt, mit uns auf die Insel zu kommen am Freitag – bist du damit einverstanden, Kumpel?"

Tim lächelte seinen Vater tatsächlich an, ein seltenes Ereignis, und nickte dann enthusiastisch. Bodhi sah Sailor mit erhobenen Händen an. „Siehst du? Nun *musst* du mitkommen."

ALS TIM endlich im Bett war, schenkte Bodhi sich und Sailor etwas Wein ein. „Mädchen, wie zur Hölle hast du das gemacht? Er hat heute Abend mehr geredet als in den letzten sechs Monaten zusammen."

Er setze sich, schüttelte staunend und ein bisschen traurig seinen Kopf, und er tat Sailor leid. Den ganzen Tag lang hatte sie mehr und mehr herausgefunden, dass dieser Megastar, dieser weltberühmte Milliardär, nicht mehr als ein einfacher Mann war. Sein atemberaubendes Gesicht, sein fester Körper, seine raue Samtstimme hatten ihn reich gemacht, aber sie sah, dass er ein einfacheres Leben erstrebte, eines, das nicht im Rampenlicht stand. Er zeigte ihr sein Haus und sie bemerkte, dass die Räume, die er am meisten mochte, die waren, in denen er etwas erschaffen hatte – sein Aufnahmestudio, sein Werkzimmer, wo er wunderschöne Möbel 'zum Entspannen' erschuf. Er erzählte ihr von den Olivenhainen in der Toskana, wo er seine Sommer verbrachte, weg von der Öffentlichkeit, mit seinen Freunden, seinem besten Freund Claudio und seiner künstlerischen Mutter. Sie sah sich die Bleistiftskizzen an und ihr Herz tat ihr weh, als sie die Skizzen sah, die er von seinem Sohn angefertigt hatte.

„Die sind atemberaubend, Bodhi."

Er sah zufrieden aus und lächelte sie schüchtern an. „Malst du?"

Sie nickte. „Ein bisschen. Nicht so gut wie das hier und ich habe es auch schon eine ganze Weile nicht mehr getan. Ich bin aus der Übung."

„Du bist jederzeit herzlich willkommenen hierherzukommen und kannst gern alles benutzen." Bodhi lehnte sich an die Wand und musterte sie. „Sailor, ich habe den ganzen Tag lang von mir selbst geredet – vollkommen egoistisch. Was ist mit dir, wie sieht deine Vergangenheit aus?"

Sailor fühlte Panik in sich aufsteigen und wandte ihren Blick von ihm ab. „Da gibt es nicht viel zu erzählen. Ich habe eine schlimme Situation zuhause verlassen und bin vor sechs Monaten nach Hollywood gekommen. Ich weiß nicht mal, warum ich diesen Ort hier ausgewählt habe ... es schien einfach ... weit genug weg zu sein."

Bodhi nickte. „Familienzeug? Oder Freund?"

SAILOR KAUTE AUF IHRER LIPPE. „Einfach ... Zeug." Gott, sie hätte sich bis heute tatsächlich schon eine Geschichte einfallen lassen können. Aber es war einfach so, dass die Leute in dieser Stadt sich selten dafür interessierten, wer du warst oder woher du kamst. Sie wollten nur wissen, ob du nützlich für sie warst. Sie entschied sich dafür, ihm eine Geschichte nahe an der Wahrheit zu erzählen. „Ich wurde in einer Art Gemeinschaft aufgezogen ... ich habe nie gewusst, wer mein Vater war. Als ich geboren wurde, war ich bei meiner Mutter, aber sie ist kurz darauf gestorben. Ich war allein ... und als ich älter wurde und entschieden habe, dass die Regeln und Gesetze der Gemeinschaft nichts für mich waren, ging ich fort und bin hierhergekommen."

Bodhi schien sich mit der Antwort zufrieden zu geben. „Schade, dass du deine Eltern nie gekannt hast. Kein Wunder, dass du dich mit Tim so gut verstehst."

Sailor lächelte sanft. „Tim kennt beide Eltern, sie sind nur getrennt. Darf ich etwas fragen? Warum hat das zwischen dir und Gemma nicht funktioniert?"

Bodhi setzte sich zu ihr. „Sailor, ich war Ende Zwanzig und meine Kariere war auf ihrem Höhepunkt. Die Versuchung lockte überall. Ich habe sie betrogen. Oft. Gemma verdiente etwas Besseres. Darum bin ich auch nicht böse, dass sie mir niemals von Tim erzählt hat. Dazu habe ich kein Recht."

„Aber du bist es?"

Bodhi nickte langsam. „Ein bisschen. Aber mehr auf mich selbst. Dafür, dass ich ein Versager bin."

Sailor schwieg einen Moment lang und sah ihn forschend an. Er sah müde aus, seine schönen Augen hatten dunkle Ringe und sein ganzer Körper wirkte eingesunken. Sailor widerstand der Versuchung, ihn in den Arm zu nehmen oder seine dunklen Locken aus dem Gesicht zu streichen. Er war ihr Boss, egal wie freundlich und herzlich er war.

„Was willst du Bodhi? Vom Leben meine ich. Du hast alles Materielle, was ein Mensch nur braucht, du hast deinen Sohn wieder in deinem Leben. Was gibt es noch?"

BODHI ERWIDERTE ihren Blick und lächelte traurig. „Ich weiß es nicht, Sailor, das ist die Wahrheit. Irgendetwas fehlt und ich weiß nicht, was es ist. Ich weiß, dass ich froh, bin einen neuen Freund gefunden zu haben, falls das etwas zählt."

Sailor grinste und errötete leicht. „Das gilt auch für mich, Boss."

„Gnah ... nenn mich nicht so. Wir sind ... Mitarbeiter."

Sailor lachte. „Ich mag das." Sie warf einen Blick auf ihre Uhr. „Gott, es ist schon spät. Ich gehe jetzt besser."

Bodhi stand auf und sie folgte ihm in die Küche. Er öffnete einen kleinen Schrank und nahm einen Schlüsselbund heraus. „Hier, bitte. Du weißt, wie man fährt, oder?"

Sailor nickte und nahm die Schlüssel. Bodhis Finger berührten ihre und ein Kribbeln durchfuhr ihren Körper. „Ist es okay, wenn du allein nach Hause fährst?"

Sie nickte. „Natürlich."

Er brachte sie zum Auto und sie holte erschrocken Luft. Es war ein minzgrüner Thunderbird in perfektem Zustand. Sailor schüttelte ihren Kopf. „Das kann ich nicht, Bodhi, das ist zu viel."

„Sailor, dieses Auto ist wie für dich gemacht. Es hat Klasse und ist wunderschön. Genau wie du."

Sailor hatte jetzt Tränen in den Augen und sie wandte sich von ihm ab. „Bodhi ... du hast mich gerade erst kennengelernt und hast mir schon so viel gegeben. Ich kann das nicht annehmen, es tut mir leid."

„Dann sieh es als geliehen an, bis du etwas gefunden has,t was dir gefällt." Er drückte ihr die Schlüssel in ihre Hand und schob sie zum Auto. Sein Hände auf ihren nackten Schultern fühlten sich weich und zärtlich an und Sailor erschauderte. *Nein, verliebe dich nicht.*

Bodhi lies keine weiteres Diskussion zu. Er küsste sie auf die Wange und winkte, als sie die lange Einfahrt zur Straße hinunterfuhr.

ALS SIE NACH HAUSE FUHR, überschlugen sich Sailors Gedanken. Bodhi war nett, großzügig, witzig und klug ... aber in ihm versteckte sich ein kleiner Kontrollfreak. Wollte sie das wirklich wieder in ihrem Leben? Als sie die Tür zu ihrer winzigen Wohnung öffnete, seufzte sie. Sie hatte gar keine andere Wahl, oder?

Und davon abgesehen freute sie sich auf den Job, genauso wie darauf, Zeit mit Bodhi und Tim zu verbringen. Sie hatte gesehen wie sich der Schmerz in den Augen des kleinen Jungen in denen seines Vater gespiegelt hatte, der unfähig war, ihn zu erreichen. Wenn sie dabei helfen könnte, die beiden zusammen zu bringen ...

Was? Was bringt dir das? Sie schloss ihre Augen. *Ich will mich einfach ... nützlich fühlen. Das ich etwas verändert habe, egal wie unbedeutend es ist.* Ihre Gedanken glitten zurück zu dem Moment, als Bodhis Hände auf ihren nackten Schultern gelegen hatten. Die Gefühle, die sie durchströmten, waren unerwartet gewesen und beängstigend. Verlangen. Sailor versuchte die Gedanken zu verdrängen, als sie sich auszog und in ihre Dusche trat, aber sie konnte nicht anders, als davon zu träumen, dass Bodhi mit ihr in der Dusche war, ihre Klitoris streichelte, ihren Mund küsste, seine Arme um sie, die sie hielten, beschützten und liebten. Ihre Hand glitt nach unten und sie begann sich selbst zu streicheln ... Masturbation war in der Gemeinschaft eine Sünde gewesen, besonders für die 'auserwählte Braut', die sich für Bartholomew aufheben sollte.

Aus diesem Grund war Sailor mit 24 noch Jungfrau. *Ein gottverdammte Jungfrau*, dachte sie wütend.

Sailor biss die Zähne zusammen und kehrte dann wieder zu ihrer Fantasie zurück. Sie würde Bodhis Schwanz streicheln, bis er steif und stolz stand, und dann würde er sie nehmen, sie auf seinen Schwanz aufspießen und sie heftig ficken, bis sie seinen Namen rief.

Sailors Körper bebte als sie sich selbst zum Orgasmus streichelte, während sie sich Bodhis Gesicht vorstellte, das sie anlächelte und immer wieder ihren Namen flüsterte.

Einige Meilen entfernt lag Bodhi nackt auf seinem Bett und starte an die Decke, während seine eigenen Gedanken vor Verlangen, Zweifel und Versuchung durcheinander wirbelten. Er war jetzt für Sailor verantwortlich und er konnte nicht, würde sie nicht, ausnutzen, egal wie schwer es ihm fiel, nicht an sie zu denken, an ihre glatte, karamelfarbene Haut, ihre dunklen Augen, ihr langes Haar, das ihr bis fast auf die Hüfte fiel. Er konnte ihre berufliche Beziehung nicht ausnutzen, Sailor brauchte diesen Job. Es spielte keine Rolle, wie sehr er sich vorstellte, sie aus ihren Sachen zu schälen, ihre großen festen Brüste, die Kurve ihrer Taille, das tiefe Loch ihres Nabels und der Ort zwischen ihren Beinen, den er so gern kosten würde.

Nein. Es gab etwas sehr Zerbrechliches an Sailor, das er nicht wirklich verstand, und er würde nicht mehr dieser Typ sein – der, der jeden betrogen hatte und sich nie Gedanken um andere gemacht hatte. *Nein.* Sailor war seine Angestellte und mehr noch, seine Freundin. Was auch immer für Verletzungen sie mit sich herumtrug, er würde ihr dabei helfen zu heilen, wenn sie ihn ließ. Er hatte den Eindruck, dass sie es hasste, wenn man ihr sagte, was sie tun sollte. Vielleicht war er mit dem Auto heute Nacht etwas zu weit gegangen. Aber er hatte den ganzen Abend darüber nachgedacht, wie er ihr danken konnte, und als er an den Thunderbird gedacht hatte, der so gut zu ihr zu passen schien, war es einfach logisch gewesen.

Bodhi rollte sich auf die Seite und versuchte einzuschlafen. *Hör auf an sie zu denken ...*

Hör auf.

Er schlief nicht ein, bis die Sonne schon fast über dem Horizont war – und er hörte nicht auf an Sailor zu denken.

Sailor spürte ihr Herz schlagen, als sie aufgeregt mit dem Thunderbird in die Einfahrt einbog. Erster Arbeitstag. Sie und Bodhi würden versuchen einen Plan für die nächsten sechs

Monate aufzustellen und dann könnte sie endlich anfangen zu arbeiten.

Sie öffnete die Tür und stieg aus. Es war heiß heute und eine feiner Schweißfilm lag auf ihrer Haut, als sie das klimatisierte Auto verließ und an die Tür klopfte.

Ein paar Sekunden später wurde die Tür geöffnet und Bodhi grinste sie an. „Ich habe vergessen dir einen Schlüssel zugeben, nicht wahr? Hallo Kleine, erster Tag." Er küsste sie auf die Wange und sie errötete und erwiderte das Grinsen. „Trink einen Kaffee, bevor wir anfangen."

Er führte sie in die Küche und Sailor fühlte, wie ihr das Herz in die Hose rutschte, als sie sah, dass dort schon jemand war. Eine wunderschöne – nein streiche das, eine *Göttin* – stand und plauderte mit Tim und nippte an einer Tasse Tee. Sie sah auf und lächelte Sailor an, als diese den Raum betrat. Sie hatte lange, kastanienbraune Haare, die ihr gerade auf die Schultern fielen, und große, freundliche, haselnussbraune, mandelförmige Augen. Sailor lächelte halbherzig zurück, nicht sicher, was sie fühlen sollte. *Eifersüchtig. Das bist du, gib es zu.* Sie drängte den Gedanken in den Hintergrund.

Bodhi stellte sie einander vor. „Sailor, das ist Soleil – das wird jetzt verwirrend, nicht wahr?" Er lachte. „Soleil ist eine alte Freundin, die Schwester von meinem besten Freund Claudio."

Soleil stellte ihre Tasse ab und umarmte Sailor. Ihr Lächeln war aufrichtig und sie war entspannt. „*Ciao Bella* Sailor",sagte sie mit gebrochenem englischen Akzent. „Die zwei haben mir viel Gutes über dich erzählt. Ich freue mich dich kennenzulernen."

Sailor erwiderte die Umarmung. „Und ich freue mich dich kennenzulernen. Hey, Tim", sagte sie über Soleils Schulter hinweg und Tim winkte ihr mit seinem Müslilöffel und vollem Mund zu.

Soleil lies sie los, lies ihren Arm aber um ihre Taille liegen. „So, bevor du mit deiner Arbeit anfängst, will ich dich warnen.

Bodhi ist flirtet gern. Lass es nicht zu, dass er das Kommando übernimmt." Sie sagte es in einem spaßigen Tonfall, aber Sailor wusste, dass sie die Wahrheit sagte, und grinste ihren Boss an. „Das dachte ich mir schon."

Soleil drückte sie. „Gutes Mädchen. Ich bringe dir Kaffee."

„Danke."

Bodhi winkte ihr sich zu setzen und sah dann gespielt verärgert zu seiner alten Freundin. „Mach mich nicht schon am ersten Tag schlecht, Solly. Davon abgesehen flirte ich nicht mit jedem."

Solly schnaubte, als sie Sailor eine Tasse Kaffee reichte. „Du flirtest sogar mit mir und ich bin fast deine Schwester."

„Hat niemals funktioniert nicht wahr?"

„Ich habe Geschmack. Davon abgesehen gehört mein Herz einem anderen."

Sailor beobachtete das spielerische Geplänkel und war verunsichert, wie leicht die beiden miteinander scherzen konnten,sah aber auch, wie platonisch ihre Beziehung war. Tim beobachtete sie auch und lächelte sogar über die Neckereien, die Soleil seinem Vater zuwarf.

Soleil ging bald darauf und umarmte Sailor noch einmal. „Auch wenn ich ihn gern aufziehe, er ist ein guter Mann", sagte sie zu Sailor. „Ich bin mir sicher, dass du gern für ihn arbeiten wirst. Sailor, kennst du viele Menschen in L.A.? Bodhi sagte, dass du erst seit sechs Monaten hier bist."

Sailor schüttelte ihren Kopf. „Niemanden. Außer wenn du den Angestellten von Seven Eleven einen Freund nennst."

Soleil nahm eine Visitenkarte aus ihrer Tasche. „Nun, jetzt kennst du jemanden. Wenn du Zeit mit einem Mädchen verbringen willst, dann ruf mich an."

Sailor lächelte scheu. „Danke, das werde ich."

Bodhi grinste sie an. „Sie ist großartig, hm?"

Sailor nickte. „Liebenswert, wirklich liebenswert."

Bodhi grinste. Das Soleil zum Frühstück auftauchte, war nichts, was regelmäßig passierte, aber wenn sie es tat, dann erzählte sie ihm alle Neuigkeiten aus Italien. Claudios Freundin hatte ihn wohl kürzlich verlassen und er bändelte jetzt mit allen Mädchen aus Florenz an. Soleil hatte selbst keine Zeit für eine Beziehung. Mit einunddreißig war sie eine der erfolgreichsten Kunsthändlerinnen der Welt und ständig unterwegs. Bodhi war in die Schwester seinen Freundes verliebt gewesen, als er noch jünger war, aber Soleil, die davon wusste, hatte schnell klar gestellt, dass zwischen ihnen nie etwas sein würde. Jetzt hatten sie eine Freundschaft geschlossen, die für Bodhi genauso wichtig war wie seine Beziehung zu Claudio.

Er grinste Sailor an. „So, ich bringe schnell Tim in die Schule und dann fangen wir an. Warum schaust du dich nicht ein bisschen im Haus und auf dem Grundstück um, während wir weg sind? Es dauert nur etwa eine halbe Stunde."

„Okay."

Sailor spazierte über das riesige Grundstück der Villa und wartete darauf, dass Bodhi zurückkam. Der Swimmingpool, der in der Morgensonne blau glitzerte, war riesig, und sie fragte sich, ob Bodhi wohl etwas dagegen hatte, wenn sie in ihrer Pause ab und zu ein paar Runden schwamm. Sie hatte das Gefühl, dass ihr Körper in letzter Zeit an Form verlor. Sie hasste es, ins Fitnessstudio zu gehen, aber sie liebte es zu schwimmen und das Gefühl des Wassers, das an ihrem Körper vorbeiströmte. Sie liebte es. Sie hockte sich hin und steckte ihre Finger in das kalte Wasser. Das war etwas Wunderbares an einem heißen Junimorgen in L.A. Es gab ein kleines Gästehaus am anderen Ende des Pools und sie ging hinüber und fand die Tür unverschlossen und ging hinein. Es war lichtdurchflutet, offen und luftig und sah wie ein Strandhaus aus mit seinem weiß gestrichenen Holz, den Lampen und den weißen Möbeln. Eine ganze Wand war voller Bücherregale und Sailor stieß ein leises 'Jippie' aus, als sie sah, dass die Bücher ein Mix aus Fantasie, Sachliteratur und anderem waren. Sie wählte einen Roman von Stephen King und hockte sich auf die Couch, um zu lesen. Sie vermisste es, Bücher zur Hand zu haben, in die sie sich vergraben konnte.

Sailor hörte nicht, wie Bodhi nach Hause kam, so vertieft war sie in das Buch. Er stand da, lehnte in der Tür und beobachtete sie leise lächelnd. Gott, sie war bezaubernd, wie sie da saß, ihr dunkles Haar zu einem wirren Pferdeschwanz zusammengebunden, ihre Jeans über ihren Chuck Taylors, ihr pinkfarbenes Shirt eng über ihren Brüsten und dem flachen Bauch. Wieder erinnerte er sich selbst daran, dass sie seine Angestellte war ...

„Hallo.

Sailor sah auf und grinste dümmlich. „Entschuldige, Bücherregale ziehen mich magisch an."

„Hey, du kannst das alles gern nutzen, alles. Sogar das Gästehaus selbst. Wenn du jemals lange bleiben musst, dann kannst du gern hier schlafen. Du könntest sogar einziehen, mietfrei natürlich, wenn du möchtest."

Sailor schloss das Buch und stellte es wieder zurück ins Regal. „Du fängst schon wieder an mir Zeug zu geben." Sie lächelte, als sie das sagte. Bodhi zuckte mit den Schultern.

„Ich verstehe dich ... aber es sind nur Dinge, weißt du? Ich teile gern."

Sailor nickte lächelnd. „Wollen wir uns an die Arbeit machen?"

Es war zum Ausflippen, sie so nah bei sich zu haben, ihren sauberen Geruch nach Baumwolle einzuatmen und ihr Haar zu sehen, das sich aus dem Pferdeschwanz löste, dachte Bodhi. Aber er war kein kleiner Junge mehr, war nicht mehr der Mann, der alles für einen schnellen Quickie riskieren würde. Er mochte Sailor als Mensch, ungeachtet der Anziehungskraft, die sie auf ihn hatte, und im Laufe des Tages fand er heraus, wie intelligent und effizient sie war. Er war erstaunt über ihre

Fähigkeiten, Lösungen für Probleme zu finden, obwohl sie, wie sie ihm mitteilte, keine Ahnung vom Musikgeschäft hatte. Bodhi hatte eine Konferenzschaltung mit Emily Moore in San Francisco einberufen und Sailor brachte das mit Selbstvertrauen und Würde hinter sich und hatte keine Hemmungen, Fragen zu stellen, wenn sie musste. Emily, eine warmherzige Frau, bot an Bodhi offiziell zu vertreten und Sailor bat um einen Termin, damit sie hinfliegen und die Verträge unterzeichnen konnten.

„Kommt an einem Tag, wenn die Typen von Quartet hier sind, Bodhi. Du kannst Dash und Roman kennenlernen - und vielleicht auch Tomas, falls er sich dazu aufraffen kann, sich von Bay loszureißen. Du weißt, dass *The 9th and Pine* auf Tour sind und Bay im siebten Monat schwanger ist, nicht wahr? Verrückter. Also, Tom wird vielleicht bei ihr bleiben, aber Dash und Roman werden hier sein."

„Das klingt gut. Ich werde dich und Sailor Ende nächster Woche ein Datum ausmachen lassen, wenn das okay ist."

„Wunderbar. Wir hören voneinander, Sailor."

Als Emily aufgelegt hatte, grinste Sailor Bodhi an. „Unter vier Augen, ich werde total überwältigt sein, wenn ich The 9th and Pine treffe."

„Und gar nicht überwältigt von mir", seufzte Bodhi und zog eine Schnute.

„Das verstecke ich nur sehr gut", gab Sailor zurück und Bodhi lachte. Er stand auf und streckte sich.

„Wir haben heute eine Menge geschafft, Sailor, ich fühle mich erfrischt. Es wird schön sein, wieder mit dem Arbeiten anzufangen, aber nicht, bevor ich diese Situation mit Tim nicht geklärt habe. Ich werde ihn nicht wegen meiner Arbeit vernachlässigen."

Sailor lächelte ihn an. „Siehst du? Ich weiß, dass du denkst, dass du kein guter Vater bist, aber das bist du."

Bodhi schwieg und Sailor biss sich auf die Lippe. „Entschuldige, war das unangebracht?"

Bodhi schüttelte seinen Kopf. „Nein, das war lieb von dir ... aber es tut mir leid, ich glaube es nicht. Ich komme nicht an ihn heran, Sailor. Wenn du nicht da bist oder wenn Claudio oder Soleil nicht hier sind, dann existiere ich für ihn nicht."

Er setzte sich neben sie. „Kann ich dich etwas fragen?"

„Was immer du willst."

„Hast du gewusst, was du verpasst? Als du ohne Eltern aufgewachsen bist?"

Sailor seufzte. „Es war nicht wirklich so, wir hatten alle jemanden ... der für uns da war. Wenn man das für jemanden da sein nennen kann", fügte sie leise hinzu und weckte Bodhis Interesse.

„Sailor ... wie war diese Gemeinschaft? Sprechen wir hier über Maharishi Yogi oder Jim Jones?"

Sailor lachte unbehaglich auf. „Irgendetwas zwischen den beiden ... schau, ich will wirklich nicht darüber sprechen. Tut mir leid."

Bodhi stieß sie mit seiner Schulter an. „Das ist okay. Wir müssen uns um deinen Reisepass kümmern, also los."

KAPITEL VIER

Bartholomew Foy stampfte zurück in sein Büro und schlug die Tür hinter sich zu. *Sechs Monate.* Sechs Monate seit seine Sailor weggelaufen war und sie hatten keine Spur. Er hatte Millionen ausgeben, um sie im ganzen Land suchen zu lassen, aber wo auch immer sie sich versteckt hielt, sie hatte ausgezeichnete Arbeit geleistet. Sobald Monica an dem Tag aus dem Laden zurückgekommen war, wutschnaubend und offensichtlich verängstigt darüber, was Bart ihr antun würde, weil sie Sailor verloren hatte, hatte Bart einen Wutanfall wie niemals zuvor gehabt. Seit Jahren hatte er die Tage gezählt und darauf gewartet, dass Sailor die Weiblichkeit erreichen würde. Er war versucht gewesen sie zu nehmen, bevor sie 25 wurde und hatte ständig von ihrer karamelfarbenen Haut und ihren dunklen Augen geträumt. Er erinnerte sich an ihre Mutter, Devi, eine indische Immigrantin, die er auf der Straße von San Francisco aufgelesen und sich dann in sie verliebt hatte. Devi hatte seinem Charme erst widerstanden, obwohl sie ihm dankbar war, und erst als er ihr versprochen hatte, dass er sich um sie kümmern würde, war sie endlich in sein Bett gestiegen.

Er hatte sie ermordet, kurz nachdem Sailor geboren war. Sie hatte sich mit einem anderen Mann, der nicht den Kindern der Liebe angehörte, getroffen. Es war sein erster Mord, aber nicht sein letzter, und jetzt war sein Blutdurst auf Sailor gerichtet. Dieses Mal, anders als bei Tilly, würde er es selbst tun, um sie zu bestrafen, damit sie um ihr Leben bettelte, bevor er es ihr nahm. *Undankbare kleine Hure.*

Ein Klopfen an seiner Tür unterbrach seine dunklen Gedanken. „Was?"

Salem, sein Bodyguard schlüpfte in das Zimmer. „Etwas hat gerade in Kalifornien angeschlagen. Einer unserer Maulwürfe. Sie sagt, sie hat eventuell – und ich betone eventuell – jemanden im Reisepassamt in Los Angeles gesehen, der wie Sailor aussieht. Die Frau ist sich nicht sicher, aber sie hat unsere Zweigstelle in Kalifornien alarmiert und sie überprüfen das."

Bart klopfte ungeduldig mit seinem Stift auf den Schreibtisch. „Das war's? Das ist alles, was sie haben?"

Salem – der Einzige seiner Angestellten, der sich nicht vor Bart fürchtete – setzte sich auf den Stuhl ihm gegenüber. „Das ist mehr, als wir bisher hatten, seit Sailor verschwunden ist, Bart. Und wir haben eine Kontaktperson im Reisepasssystem, der mir später mitteilen wird, was er herausgefunden hat."

„Gut." Bart legte seinen Stift hin und nickte dem Bodyguard zu. „Gut. Salem, wenn ich sie in die Hände bekomme ..."

Salem strahlte und zeigte zwei Reihen von sehr ebenen, weißen Zähnen. „Ich kann es mir kaum ausmalen, Bart."

Barts Augen waren dunkel und gefährlich. „Das Einzige, was ich bedauern werde, ist, dass ich Sailor nur einmal umbringen kann."

Tim plauderte fröhlich mit Sailor, als sie sich am Freitag Abend in Bodhis privatem Flugzeug auf den Weg zu der karibischen Insel befanden. Nach ihrer ersten Woche als Bodhis Assistentin war Sailor erschöpft aber begeistert. Es gab so viel zu tun und zu bedenken, aber sie mochte es, dass Bodhi ihr instinktiv vertraute, dass sie die Arbeit schaffte, ohne dass er sich zu viel einmischte. Nächste Woche würde sogar noch aufregender werden, wenn sie nach San Francisco fliegen würden, um sich mit Emily und den Leuten von Quartet zu treffen.

Sailor und Bodhi hatten ausgiebig darüber gesprochen, ob sie zu dem kleinen aber persönlicheren Label wechseln wollten. „Sieh nur, wen sie alles auf ihrer Liste haben", sagte Sailor begeistert. „The 9th and Pine zum einen, aber schau dir all die anderen an. Sie haben die ganzen Reality Stars und verwöhnten TV Sender Typen aussortiert und die Qualität ihrer Musik zeigt das. Du *verdienst* dieses Label Bodhi, und sie verdienen dich."

Bodhi grinste über ihren Enthusiasmus. „Machst du jetzt Werbung für sie? Oder sagst du das nur, weil du die Band kennenlernen willst?"

„Nun, das auch", witzelte sie und beide lachten. „Ich bin total in Bay Tambe vernarrt."

„Du bist auch nur ein Mensch. Aber ich denke, Tom Meir und ihre unendlich vielen Kinder würden Einspruch erheben."

„Wie viele sind es jetzt? Ich weiß, dass sie wieder schwanger ist."

„Drei, mit dem, das noch im Bauch ist."

Sailor musterte ihn. „Also waren die unendlich vielen ein bisschen übertrieben, nicht?"

Er grinste. „Ein bisschen."

Sie schwiegen für einen kurzen Moment. „Unter uns, willst du Kinder? Ich meine, du wurdest von Tim etwas überrumpelt, nicht wahr?"

Bodhi seufzte. „Das ist nicht mal übertrieben. Wenn ich ehrlich bin … nein. Ich hatte niemals das Bedürfnis Kinder zu haben. Aber Sailor, in der Sekunde in der ich wusste, dass Tim von mir ist – und schau uns an, da braucht es keinen DNA Test, um zu sehen, dass ich der Vater bin – hat sich etwas in mir verschoben und ich wusste, dass ich alles für ihn tun würde."

Sailor kamen die Tränen und sie wandte ihren Blick ab.

„Sailor King ... weinst du?"

Sie schüttelte ihren Kopf, musste aber lachen, als die Tränen über ihre Wangen liefen. „Es ist nur die Liebe in deiner Stimme. Tim kann sich glücklich schätzen, egal wie sehr er im Moment verletzt ist."

Bodhi lächelte halbherzig, aber seine Augen drückten Sorge aus. „Er ist verletzt?"

„Er wurde bei einem Mann gelassen, den er nicht kennt, in ein Leben geschoben, von dem die meisten Kinder nur träumen. Seine Mutter ruft ihn, wie oft? Zweimal die Woche an. Ich weiß, dass sie im Moment einiges durchmacht, aber ..." Sailor hielt inne, da sie merkte wie ihre Stimme langsam ärgerlich wurde. *Hier geht es nicht um dich, Sailor.*

„Entschuldige", sagte sie zu ihm. „Das geht mich nichts an."

Bodhi massierte ihren Rücken. „Du bist jetzt ein Teil dieser Familie, Sailor. Du sagst, was du denkst, wann immer du meinst, etwas sagen zu müssen."

Sailor holte tief Luft und warf ihm einen dankbaren Blick zu. „Es tut mir trotzdem leid. Aber Bodhi, ich glaube, dass Tim diese Zeit des Widerstandes braucht – er wird auf dich zukommen, wenn es für ihn der richtige Zeitpunkt ist."

Tim gähnte jetzt und auch wenn er schon zehn Jahre alt und damit ein großer Junge war, kroch er auf Sailors Schoß, kuschelte sich an sie und schlief ein. Sailor, die kaum größer war als Tim, schlang ihre Arme um den Jungen und warf Bodhi einen kurzen Blick in der Hoffnung zu, dass er nicht verletzt war. Bodhi lächelte sie an, sein Blick war weich und sie entdeckte keine Schuldzuweisung darin. Stattdessen hielten sie den Augenkontakt einen langen Augenblick, bevor Tim im Schlaf murmelte und den Zauber brach. Bodhi grinste und stand auf, um zur Toilette zu gehen. Sailor küsste Tim auf den Kopf und träumte davon, dass das hier jetzt wirklich ihre Familie war.

In den frühen Morgenstunden erreichten sie die Villa auf er Insel und Bodhi trug seinen schlafenden Sohn in ein Schlafzimmer, das an das Wohnzimmer angrenzte. Sailor ging zu der großen Glasschiebetür und öffnete sie. Sie führte zu einem kleinen Strand und Sailor konnte die Wellen hören, die ans Ufer schlugen.

„Wunderschön." Sie seufzte glücklich.

„Ganz meine Meinung", hörte sie Bodhi und drehte sich um und errötete, als sie sah, dass er sie anschaute und nicht das Meer. Er trat neben sie und legte seine Hand auf ihren Rücken. „Bist du müde?"

Sie nickte. Bodhi strich ihr die Haare aus dem Gesicht. „Die Angestellten haben die Betten gemacht und es gibt eine Klimaanlage. Möchtest du etwas trinken, bevor wir uns schlafen legen?"

Sailor nickte. „Okay."

Bodhi nahm eine Flasche Scotch und zwei Gläser und nickte zur Tür. „Lass uns am Meer sitzen, wir hören es, falls Tim rufen sollte."

Der Mond war voll und sie hatten ausreichend Licht, als sie beieinander saßen und ihren Scotch tranken. Sailor verzog am Anfang das Gesicht, aber Bodhi lachte nur. „Trink weiter, du wirst dich schon bald damit anfreunden."

Und so war es auch, sie fing an das Brennen der Flüssigkeit in ihrer Kehle zu genießen. Sie kicherte leise.

„Was?" Bodhi sah sie forschend an, ein Lächeln umspielte seine Lippen.

Sailor schüttelte ihren Kopf. „Wenn du nur wüsstest, wie sehr sich mein Leben in nur einer Woche verändert hat, Bodhi. In sechs Monaten."

„Dann erzähl es mir", sagte er sanft. Sailor kaute auf ihrer Lippe, bevor sie antwortete.

„Du warst nah dran mit Jim Jones", fing sie an, außerstande Bodhi anzusehen. „Die Gemeinschaft – ach was, es ist ein Kult, ich muss anfangen es so zu nennen. Der Anführer ist ein Mann namens Bartholomew Foy. Ja", sagte sie und musste bei Bodhis Gesicht lachen. „Das ist sein wirklicher Name, soweit ich weiß. Aber auf der anderen Seite bin ich mir nicht sicher, ob ich irgendetwas über den Mann glauben sollte, außer dem Einem."

„Und das wäre?"

Sailor fühlte wie sie traurig wurde, als sie sich an die Bilder von ihrer geliebten Tilly erinnerte, die so brutal ermordet wurde. „Er ist ein Monster", flüsterte sie und ihre Stimme brach. „Und er hat mich ausgewählt, um seine nächste ... Braut zu sein. Wenn ich meine Weiblichkeit erreiche."

„Deine Weiblichkeit?"

Sie lächelte ihn seltsam an. „In dem Kult ist es Frauen nicht erlaubt, sexuelle Beziehung einzugehen, bevor sie nicht 25 sind. Das bedeutet es. Und wenn ich meine erreiche, dann würde ich Bart gehören. Ich war damit nicht einverstanden und deshalb bin ich gegangen."

Ein entsetzter Bodhi legte seinen Arm um ihre Schultern und küsste sie auf ihre Schläfe. „Du musst nie wieder Angst vor ihm haben, Sailor. Das verspreche ich dir."

Sie lächelte dankbar zu ihm auf und wieder verfingen sich ihre Blicke ineinander. Dieses Mal wandte sie ihren Blick nicht ab. Bodhi rutschte näher, hielt dann aber inne. „Ich denke, wir sollten etwas schlafen", sagte er leichthin und Sailor war zugleich erleichtert und enttäuscht. Er zog sie auf die Füße und hielt ihre Hand, als sie zurück in die Villa gingen.

„Ich habe das ernst gemeint", sagte Bodhi zu ihr, als er ihr zeigte, wo ihr Zimmer war. „Du bist jetzt ein Teil dieser Familie, Sailor. Und was auch immer du möchtest, wird so sein. Du sollst wissen, was Freiheit bedeutet, und ich werde alles, was in meiner Macht steht, tun, um dich so lange zu beschützen, wie es nötig ist."

„Danke, Bodhi."

Er lächelte sie an und sie spürte ein so großes Verlangen ihn zu küssen, dass es schon fast körperlich wehtat. „Gute Nacht, Sailor."

„Gute Nacht."

Sailor schloss die Tür und Bodhi ging in sein eigenes Zimmer, seine Emotionen schlugen hohe Wellen. Sailor war eine *Jungfrau*? Mit fünfundzwanzig? Und Himmel, was für eine miese Kindheit hatte sie gehabt?

Bodhi nahm eine kalte Dusche und glitt dann nackt ins Bett. Er hatte fast seine Regeln gebrochen und sie am Strand geküsst. Er musste sie aus seinem Kopf bekommen.

Aber wie? Er wollte nicht wieder herumflirten, wie er das in seiner Jugend getan hatte. Aber er wollte Sailor auch nicht auf Armeslänge halten. Sie war ihm genauso wichtig wie sein eigener ... *Scheiße Mann, was ist los mit dir? Du kennst sie erst seit einer Woche.*

Er setzte sich hin und zog seinen Laptop zu sich heran, wartet bis er hochgefahren war und tippte dann ein 'Bartholomew Foy.' Es bekam viele Ergebnisse, klickte aber zuerst auf ein Bild des Mannes. Ein Mann in seinen frühen Fünfzigern, klug, aber mit einem verschlagenen Ausdruck auf seinem langweiligen Gesicht. Er klickte auf die Webseite des Mannes.

Die Kinder der Liebe heißen dich in ihrer Umarmung willkommen ...

„Gott", schnaubte er, aber als er weiter nach unten scrollte, lief es ihm eiskalt den Rücken hinunter. Ein Bild von einer viel jüngeren Sailor, mit gehetzten Augen und viel dünner als sie jetzt war, befand sich auf der Startseite. Darunter war ein Brief in dem um ihre Rückkehr gebeten wurde.

Bodhi las ihn mit wachsendem Entsetzen.

Meine liebe, wertvolle Sailor,

Jetzt, da du uns seit all diesen langen Monaten verlassen hast, kann ich die Trauer nicht mehr ertragen, die über uns alle gekommen ist. Du hast ein Loch in unseren Seelen hinterlassen, das niemand anderes füllen kann.

Bitte mein liebes Mädchen, komm zurück zu den Menschen, die dich lieben, dich aufgezogen haben und dich genährt haben. Komm zurück zu mir, liebste Sailor, denn ich werde der Ehemann deiner Träume sein, genau wie ich es dir versprochen habe. Genau wie ich es für deine Freundin und Mentorin Tilly gewesen bin.

Wenn irgendjemand meinen Liebling sehen sollte, dann rufen Sie bitte unter 555-658-845 an oder senden Sie mir eine E-Mail an bartholomewfoy@childrenoflove.org oder sprechen sie mit einem unserer Ratgeber, die überall in unseren Empfangsstellen in den Vereinigten Staaten sitzen.

Bitte helfen sie uns, unser geliebtes Mädchen zu finden. #FindSailor.

Bodhi stöhnte leise. Jesus, der Mann war ein Psychopath. Bodhi hatte während seiner Arbeit viel zu viele solcher Menschen gesehen. Egoistisch, Kontrollfreaks, die passive aggressive Tricks anwandten, um Menschen zu kontrollieren. Bodhi hatte keine Zweifel, dass, wenn das nicht funktionieren würde, Bartholomew Foy eiskalt und aggressiv werden würde. Er musste mehr darüber herausfinden.

Eines wusste Bodhi mit absoluter Sicherheit. Niemals wieder in seinem ganzen Leben, würde Bartie Foy seine Hände an Sailor legen.

Sailor schrie empört auf, als Tim sie mit Wasser bespritzte, während sie im flachen Wasser spielten. Bodhi hatte es sich auf einem Liegestuhl bequem gemacht und sah ihnen amüsiert zu, wobei er versuchte sich nicht von Sailors Kurven in ihrem gelben Zweiteiler ablenken zu lassen, der unglaublich gut auf ihrer goldenen Haut aussah.

„Hey, alter Mann", rief sie ihm zu und er grinste. „Komm her und spiel mit uns."

Er winkte ab. „Ich will euer Spiel nicht stören."

Sailor zog eine Schnute, grinste diebisch und flüsterte etwas in Tims Ohr. Der Junge lachte und vergrub sein Gesicht dann in seinen Händen, um sein Kichern zu verbergen. Offenbar heckten sie einen Plan aus.

Sailor watete aus dem Wasser und lief den Strand entlang. Bodhi bewunderte ihren Körper und sie sah das Funkeln in seinen Augen.

„Damit kannst du jetzt aufhören", sagte sie säuerlich und grinste dann. „Komm schon Rockgott, komm und zeig den Haien, wie ein richtiger Mann aussieht."

Sie nahm seine Hand und zog ihn in einen sitzende Position, aber er weigerte sich auf die Füße zu kommen und lachte über Sailor, die vergeblich versuchte, ihn zum Aufstehen zu bewegen. Sie wiegt wahrscheinlich nur ein viertel von dem, was ich wiege, dachte er zärtlich und schrie auf, als etwas sehr Glitschiges und sehr Kaltes hinten in seiner Hose nach unten rutschte. Sailor lies ihn sofort los, als er aufsprang, seine Hand in seine Hose steckte und einen handvoll Seegras herauszog. Hinter ihm erklang ein Kichern und er sah Tim, der zurückwich, und grinste ihn an. Sailor lief zu Tim, nahm seine Hand und beide lachten über Bodhi.

Bodhi sah zwischen ihnen und der Handvoll Seegras hin und her und unterdrückte ein Lachen. Stattdessen setzte er ein grimmiges Gesicht auf und brüllte, als er auf seine Quälgeister losrannte. Tim und Sailor quietschten vor Lachen, als er sie wieder zurück ins Meer scheuchte. Bodhi schnappte Tim und warf in sich über die Schultern und das Kind lachte lauthals. Bodhi grinste ihn an.

„Wollen wir uns Sailor holen? Wollen wir?" Er lief auf Sailor zu, die unkontrolliert kicherte und zurückwich, als sie sich ihr näherten. Tim stieß einen Schrei aus, imitierte seinen Vater und beide stürmten auf sie zu und warfen sie ins Meer. Sie tauchte wieder auf, nach Luft schnappend und lachend.

Bodhi dachte, dass er nie etwas Schöneres gesehen hatte. Als Tim und Sailor ihn neckten und er den Narren für sie spielte, dachte er darüber nach, wie gern er ihr Bikinioberteil nach unten ziehen und einen ihrer Nippel in den Mund nehmen würde, während er sie lustvoll nach Luft schnappen hören würde, das Bikinihöschen ihre goldenen Beine nach unten streifen und seine Zunge über ihr Geschlecht fahren lassen würde.

Gott, hör auf, Mann. Er konnte in diesen Schwimmhosen keine Erektion verbergen. Er lief in das tiefere Wasser und schwamm für eine Weile in der Hoffnung um sie herum, seine Erektion würde verschwinden.

Tim stand da und beobachtete ihn und er lächelte seinen Sohn an. „Kannst du schwimmen, Timbo?"

Tim winkte ab. „Ein bisschen. Nicht sehr gut."

„Soll ich es dir beibringen?"

Tim zögerte einen Moment und nickte dann. „Aber nicht im Ozean, Dad. Zuhause wäre mir lieber."

Bodhis Herz schwoll an und er lächelte, um die Tränen zu verbergen. „Wo immer du willst."

Später, nachdem Tim erschöpft eingeschlafen war und sie alle ein gutes Essen aus Fisch und gerösteten Gemüse genossen hatten, saßen sie wieder am Strand, die Flasche Scotch zwischen sich.

Bodhi drehte sich mit leuchtenden Augen zu Sailor um. „Er hat mich Dad genannt, Sails."

Sailor stieß ihn mit ihrer Schulter an. „Ich weiß. Ich habe fast geheult."

„Ich auch." Bodhis Lächeln war ungläubig. „Das verdanke ich alles dir, Sailor. Wenn du nicht ..." Seine Stimme brach und er räusperte sich und wandte den Blick ab. Sailor zögerte und beugte sich dann zu ihm und presste ihre Lippen auf seine nackte Schulter, ganz leicht. Sie sah ihn an.

„Du hast mein Leben gerettet, Bodhi. Und nein, das war nicht nur ich. Ich sage dir die ganze Zeit, dass du ein großartiger Vater bist, eine wundervolle, warmherzige und gebende Person. So ganz anders als man sich einen Rockstar vorstellt." Sie scherzte, um die Spannung zwischen ihnen zu brechen.

Bodhi sah sie forschend an. „Wenn du nur wüsstest, wie gern ich dich jetzt küssen würde ..."

Ein misstrauischer Ausdruck trat in Sailors Augen und es tat ihm leid, dass er das gesagt hatte. „Entschuldige Sailor. Das war unangebracht."

„Nein." Ihre Stimme war sanft. „Ich fühle das auch, weißt du? Nur ... falls das zwischen uns schief gehen sollte ... ich weiß nicht, wie ich ohne dich überleben würde. Es ist nur ein Woche. Eine Woche, Bodhi, und ich ... fühle Dinge, die ich niemals zuvor gefühlt habe. Dinge, die mir vor langer Zeit weggenommen wurden, und ich weiß nicht, ob ich die Frau sein kann, die du brauchst."

Sie seufzte und Bodhi legte ihr seinen Arm um die Schulter. Sie lehnte sich an ihn und sah zu ihm auf. Gott, sie war so schön, dass ihm das Herz wehtat. „Was willst du Sailor? Was kann ich dir geben, um dir zu helfen?"

Sie schwieg lange und sah dann zu ihm auf. „Bodhi ... kennst du den Spruch ... ‚Was in Vegas passiert bleibt in Vegas'?"

Bodhi nickte langsam. Sailor stand da und streckte ihre Hand nach ihm ihm aus und zog ihn zu sich. Er schlang seine Arme um ihre Taille. „Was du mir geben kannst, Bodhi, bist du. In diesem Moment. Für diese Nacht. Du solltest wissen, dass ich noch Jungfrau bin ... und ich will sie an dich verlieren. Ich war mir in meinem Leben noch niemals über etwas so sicher. Aber was hier auf der Insel passiert, das bleibt hier auf der Insel. Wir werden das nicht unsere Freundschaft oder unsere Arbeitsbeziehung beeinträchtigen lassen. Das ist es, was du mir geben kannst."

Bodhi beugte seinen Kopf und presste seine Lippen auf ihre, und es war süßer, als er es sich ausgemalt hatte. Seine Finger glitten ihren über ihren Rücken und sie erzitterte, erwiderte seinen Kuss mit derselben Leidenschaft, die er empfand. Sie trug immer noch den gelben Bikini und hatte ein Tuch um ihre Hüfte geschlungen. Er nahm ihre Hand und führte sie in sein Schlafzimmer und schloss die Tür hinter ihnen.

Sailor sah einen Moment lang nervös aus, als er auf sie zukam, und schlang ihre Arme um seinen Hals. "Ich habe Angst", flüsterte sie.

„Nicht ... hab keine Angst ..." Er sank vor ihr auf die Knie und presste seine Lippen auf ihren Bauch. Seine Zunge fuhr um ihren Nabel, als er das Tuch löste und es auf den Boden fallen ließ. Sailor schnappte nach Luft und schwankte, als seine Hand zwischen ihre Beine glitt und anfing sie durch ihr Höschen zu streicheln. Mit seiner anderen Hand zog Bodhi das Bikinioberteil nach unten und schloss seinen Mund um ihren Nippel, saugte daran und biss spielerisch hinein. Sailor stöhnte vor Lust und vergrub ihre Finger in seinen dunklen Locken.

Bodhi zog ihr Höschen nach unten und schob sanft ihr Beine auseinander. Seine Zunge suchte ihre Klitoris und er fühlte, wie sie erzitterte, als er sie in den Mund nahm. Er neckte sie, brachte ihre Beine zum Zittern und stand dann auf und trug sie zum Bett. Er zog sich das Shirt über seinen Kopf und entledigte sich seiner Hose. Sein Schwanz, dick und lang, war schon steif und hart, als er mit den Augen ihren Körper verschlang, der vor ihm auf dem Bett ausgestreckt lag. Gott, sie war herrlich ... auch wenn sie immer noch verängstigt aussah. Er bedeckte ihren Körper mit seinem und küsste sie zärtlich. Er strich ihre Haare aus ihrem süßen Gesicht. „Süße Sailor ... hab keine Angst. Wenn du willst, dass ich aufhöre, dann sag nur ein Wort. Ich schwöre, *ich schwöre bei Gott*, dass ich dir nicht wehtun werde."

Und er küsste jeden Zentimeter ihrer nackten Haut bis sie vor Verlangen zitterte, ihre Nippel steif waren und ihr Bauch vor Erregung bebte. Er streichelte ihn zärtlich und sein Daumen liebkoste ihren Nabel. Er lies seine Hand zwischen ihre Beine gleiten und merkte, dass sie klatschnass war.

„Bist du bereit, mein Liebling?"

Sailor nickte, ihr Atem kam jetzt in kurzen Stößen und ihre Augen hingen an seinen. Bodhi zog ihre Beine sanft um seine Hüfte und führte sich selbst in sie, langsam, und er beobachte jede Regung von ihr, als sein Schwanz ihre samtene Muschi ausfüllte. Sailors Augen wurden riesig, als er das erste Mal in sie hineinstieß, und ihr entwich ein winziger Schrei, als er sich in ihr zu bewegen begann. Er küsste sie zärtlich, als sie sich liebten, und sie grub ihre Fingernägel in seinen Rücken und drängte ihn weiterzumachen.

Sie unterdrückte ihren Schrei, als sie kam, zitternd und seinen Namen keuchend und Bodhi fühlte, wie er seinen heißen Samen in sie spritzte. Sailor küsste ihn leidenschaftlich und er spürte, dass ihre Wangen von Tränen nass waren. Sie lächelte ihn an, ihre Lippen auf seinen. „Bodhi ..." Es war wie Honig auf seiner Seele, als sie seinen Namen flüsterte.

Er starrte auf sie hinab. „Bist du okay?"

Sailor nickte. „Ja ... das war unglaublich."

Bodhi lächelte. „Ich bin froh, dass du das denkst."

„Hast du dich zurückgehalten?" Sie streichelte sein Gesicht und er berührte ihre Lippen mit seinen.

„Ein bisschen, zugegebenermaßen. Es war eine große Verantwortung."

Sailor hatte Tränen in den Augen. „Du hast es so wunderschön für mich gemacht, Bodhi."

Er küsste die Tränen weg. „Du *bist* wunderschön, Sailor. Und lustig und klug und wunderbar. Es war mir eine Ehre, dein Erster zu sein."

Ihre Augen waren weich vor Liebe, aber sie nickte. „Bodhi ... ich habe das ernst gemeint. Ich möchte mit dir arbeiten und dein Freund sein und will nicht, dass das hier irgendwie dazwischen steht."

„Das wird es nicht, ich schwöre es. Wir sind ein gutes Team, du und ich, Sails."

„Ich mag den Spitznamen."

Bodhi grinste. „Irgendjemand hat dich sicher schon so genannt."

Sie schüttelte ihren Kopf. „In dem Kult sah man Spitznamen nicht gern."

„Und du hast deinen Namen legal geändert, als du nach Kalifornien gekommen bist?"

Sie nickte. „Aber er ist nie hängengeblieben, er ist nur für die offiziellen Dokumente. Sailor habe ich von meiner Mutter bekommen. Sie hat mir den Namen gegeben, und das bin ich."

Bodhi stützte sich auf den Ellbogen und fuhr mit dem Handrücken über ihren Bauch. „Erinnerst du dich an sie?"

Sailor dachte einen Moment lang nach. „Ich glaube schon ... aber ich bin mir nicht wirklich sicher, ob das eine echte Erinnerung oder nur Fantasie ist. Ich hatte ein Bild von ihr – ich sehe genau wie sie aus."

„Was ist mit ihr passiert?"

Sailors Augen wurden traurig. „Ich weiß es nicht, niemand wollte je mit mir über sie reden, auf Barts Anweisung hin, wie ich annehme."

„Was glaubst du, was passiert ist? Ist sie weggelaufen und hat dich zurückgelassen?"

Sie schwieg lange. „Nein. Ich denke, er hat sie umgebracht."
Der Schock traf Bodhi mitten in die Brust. „Was?"
Sailor erwiderte seinen Blick. „Ich weiß es nicht mit Sicherheit. Was ich weiß, ist, dass er seine zweite Frau, Tilly, umgebracht hat. Sie war meine Lehrerin und meine beste Freundin. Sie hatte zu lange unter seiner Kontrolle gelebt, nur um sich um uns kümmern zu können. Als sie sich in jemand anderen verliebt hat ... ließ er sie töten. Vor ihrem Liebhaber."

„Jesus." Bodhi fühlte wie sein Herz schlug. „Das weißt du mit Sicherheit?"

Sie nickte. „Er hat mir Bilder von dem Mord gezeigt ... kurz bevor ich ihn heiraten sollte. Die Bilder zeigten zwei Männer, die ich noch niemals gesehen habe, aber einer hielt Tilly unten und der andere erstach sie. Gott Bodhi, die Angst, die Schmerzen in ihren Augen ... und auf dem letzten Bild war ihr Körper am Boden zu sehen, blutüberströmt, und ihr Liebhaber, der an einem Stuhl gefesselt war und in Tränen aufgelöst. Ich weiß nicht, was mit ihm passiert ist, ich nehme an, sie haben ihn auch umgebracht."

Bodhi war entsetzt und zog Sailor in eine feste Umarmung. Sie schien durch die Hölle gegangen zu sein. „Warum zur Hölle hat er dir die Bilder gezeigt? Warum sollte er das zugeben?"

Sie lächelte ihn traurig an. „Um mir zu zeigen, was mit mir passieren würde, wenn ich ihn zurückweisen würde."

Gott, nein. Nein. Bodhi kniff seine Augen zusammen und versuchte die Bilder von Sailor, die erstochen wurde, zu verdrängen. Er spürte, wie sie sein Gesicht berührte.

„Schau nicht so traurig. Ich bin entkommen, ich bin hier."

Bodhi lehnte seine Stirn an ihre. „Sailor, ich verspreche dir, dass ich dich schützen werde, und wenn es das Letzte ist, was ich in meinem Leben tue. Er wird dich niemals in seine Hände bekommen. Weißt du, dass er nach dir sucht?"

Sie lachte freudlos. „Oh ja. Bartholomew Foy wird niemals

zurückgewiesen. Zumindest nicht von einer Frau. Wenn er mich findet, dann bin ich tot, daran habe ich keine Zweifel."

„Nein. Auf keinen Fall. Das wird niemals passieren, Baby, niemals."

Sie lächelte zu ihm auf. „Du hast mich gerade Baby genannt."

„Ich weiß. Sailor, ich weiß, dass es schnell geht, aber ich habe mich noch niemals so sehr zu jemandem hingezogen gefühlt. Ich mache keine Witze. Ich weiß, dass sich das aus meinem Mund wie eine Phrase anhört, aber ich meine es ehrlich. Ich will sehen, wohin uns das führt."

Sailor nickte. „Du hast einen Heldenkomplex", sagte sie sanft und lächelte.

Bodhi zwinkerte und lächelte. „Meinst du?"

Sie gluckste. „Ein bisschen. Ich kann es in deinem Gesicht sehen, dass du mich retten willst. Und weißt du was? Das ist okay, solange du daran denkst, dass ich eine eigene Agenta in meinem Leben habe und dass ich dich genauso sehr beschützen möchte wie du mich. Können wir gleichberechtigt sein, Bodhi? Oder ist das zu schwer für dich? Denn ich werde es niemals wieder zulassen, dass mir jemand Vorschriften macht, auch nicht jemand den ich ... bewundere."

Bodhi war beeindruckt. „Sailor, du hast eine alte Seele. Natürlich. Und nur dass du es weißt, ich bewundere dich auch. Tim ist verrückt nach dir, also habe ich zumindest etwas mit ihm gemeinsam."

Sailor lachte. „Du hast heute riesige Fortschritte gemacht."

Bodhi küsste sie. „Das verdanke ich nur dir, schöne Frau." Er bedeckte ihren Körper mit seinem. „Und nun, erlaube mir dir zu zeigen, wie dankbar ich bin ..."

5

KAPITEL FÜNF

Am Morgen schlüpfte Sailor zurück in ihr eigenes Zimmer, bevor Tim aufwachte. Sie und Bodhi hatten sich dafür entscheiden, dass es im Moment das Beste war, sie würden vor dem Jungen zärtlich miteinander sein und ihn langsam an die sich bildende Beziehung gewöhnen.

„Wenn es das ist", murmelte Sailor vor sich hin, als sie sich duschte und Jeanshose und ein weites Shirt anzog. Ihr Leben hatte sich in den letzten vierundzwanzig Stunden so sehr verändert, dass sie ein bisschen unter Schock stand – und gleichzeitig glücklich war. Sie genoss das neue Gefühl. Sie bereute nichts von dem, was zwischen ihr und Bodhi passiert war, auch wenn sie zurückhaltend war. Der Sex, den sie die ganze Nacht lang mit ihm gehabt hatte, war etwas völlig Neues für sie und auch wenn andere es wahrscheinlich als zahm bezeichnen würden, aber am Ende der Nacht hatte ihr ganzer Körper in Flammen gestanden. Ihre Klitoris war immer noch empfindlich, ihre Vagina schmerzte leicht von den Stößen von Bodhis großem Schwanz. Ihre Oberschenkel waren wackelig, als sie die große Küche betrat. Tim grinste sie an.

„Dad sagt, dass wir heute im Wald wandern gehen. Dort gibt es einen Wasserfall."

Sailor setzte sich, lächelte ihn und Bodhi, der sich nach vorn beugte und ihre Wange küsste und ihr ins Ohr flüsterte, dass sie wunderschön war, an.

Sie errötete und Freude durchströmte ihren Körper. Sie wandte sich an Tim. „Das klingt nach einer Menge Spaß. Vielleicht sollten wir etwas für ein Picknick mitnehmen?"

Tim nickte eifrig. „Ich habe einen Rucksack, in den wir das Essen legen können. Vielleicht ein paar Dosen Cola?" Er sah Bodhi hoffnungsvoll an, der die Zuckergetränke seines Sohnes einschränkte. Bodhi lachte über den klagenden Blick, den sein Sohn ihm zuwarf.

„Hey Kleiner, wir sind im Urlaub, da ist alles erlaubt." Er zwinkerte der kichernden Sailor heimlich zu.

Als sie durch den dichten Wald der Insel liefen, beobachtete Bodhi seinen Sohn und Sailor, die vergnügt miteinander plauderten und die Pflanzen- und Tierwelt der Insel entdeckten. Er grinste, als Sailor vor einer Tarantel zurückwich, die Tim ohne jegliche Angst aufgehoben hatte und jetzt genau betrachtete.

„Sie ist so flauschig", erklärte Tim, aber Sailor verzog das Gesicht.

„Und sie wird auch dort, wo du sie gefunden hast, flauschig sein", sagte sie und Tim setzte die Spinne grinsend in das Gebüsch. Sailor schauerte.

„Arachnophobie, hm? Ich lerne jeden Tag etwas Neues", sagte Bodhi und Sailor zuckte mit den Schultern.

„Schlangen, Reptilien und andere Insekten stören mich nicht. Nur Spinnen, besonders die großen. Du meine Güte, du hättest auf die einen Sattel drauflegen können." Sie schüttelte sich erneut und Bodhi grinste und nahm ihre Hand.

Sie gingen tiefer in den Wald, bis sie zu einem kleinen See kamen. Dort war ein anderes Pärchen mit ihrem Sohn und Tim redete mit ihm. Bald plantschten beide Jungen im Wasser. Sailor und Bodhi sprachen mit dem anderen Pärchen, und nach kurzer Zeit nickte Bodhi Sailor zu. „Soll ich uns ein paar Bier und ein paar kalte Getränke für die Jungs holen?"

Der andere Mann nickte. „Das klingt gut – es gibt eine Bar nicht weit weg von hier. Soll ich dich begleiten?"

Sailor stand auf. „Ich helfe dir – wenn es euch nichts ausmacht, auf die Jungs aufzupassen?", fragte sie das andere Pärchen und beide nickten.

„Kein Problem und danke. Sagt uns, was wir euch für das Bier schulden."

Bodhi grinste. „Macht euch darüber keine Gedanken, das geht auf mich. Bis gleich. Tim?"

Tim sah auf. „Wir holen ein paar kalte Getränke. Mike und Hannah passen auf euch auf, ist das okay?"

Tim nickte. „Klar, Dad." und sofort wandte er sich wieder seinem Spiel mit dem anderen Jungen, Matty, zu.

Sailor stieß Bodhi an, als sie Hand in Hand davongingen. „Jedes Mal, wenn er dich Dad nennt, strahlst du, ist dir das bewusst?"

Bodhi grinste dümmlich. „Das weiß ich." Er blieb stehen und küsste sie. „Du musst denken, dass ich ein nutzloser Rockstar bin. Keine Drogen, kein Herumgehure (nicht mehr jedenfalls) und ich werde high, weil mein Sohn mich Dad nennt."

Sailor erwiderte seinen Kuss. „Das Gute daran, in einer Sekte zu leben, ist, dass du nicht wirklich viel über das Leben eines Rockstars weißt. Ich habe, seit ich dort raus bin, scheinbar einiges dazugelernt, aber ich habe keine wirklich feste Vorstellung davon, wie du sein solltest. Ich kenne nur Bodhi, nicht Bodhi Creed den Rockstar."

Er nahm ihr Gesicht in seine Hände. „Bei dir kann ich tatsächlich das erste Mal ich selbst sein", flüsterte er. „Ich will nicht so tun, als ob ich jemand anderes wäre als ein Mann mittleren Alters, der nicht weiß, was er tut, und sein bestes gibt, um ein guter Vater zu sein – und jetzt der beste Freund – der ich sein kann."

Sailor zwinkerte. Freund? Passierte das hier wirklich? Bodhi musterte sie. „Habe ich dich gerade geschockt?"

„Ein bisschen", gab sie zu und lächelte dann. „Aber ich mag es."

Bodhi presste seine Lippen auf ihre. „Es ist ziemlich einsam hier." Seine Finger waren am Reißverschluss ihrer Shorts und sie hielt ihn nicht auf, als er sie ihre Beine hinunter schob und sie hochhob. Er öffnete seinen eigenen Reißverschluss und befreite seinen Schwanz und war im nächsten Moment in ihr, drückte sie gegen einen Baumstamm und bewegte sich vorsichtig, bis Sailor anfing zu stöhnen und sich in seinen Rücken zu krallen und er sich schneller und tiefer in sie versenkte, bis beide nach Luft schnappten. Sailor erstickte ihren Schrei an seinem Hals, als sie kam, und Bodhi unterdrückte sein eigenes Stöhnen, indem er sie leidenschaftlich küsste.

Sie gingen wieder zurück zum See, beladen mit den Getränken, und verbrachten einen angenehmen Nachmittag plaudernd mit Mike und Hannah und ihrem Sohn. Tim war entspannter, als Bodhi ihn jemals gesehen hatte, und als Tim auf dem Weg zurück zur Villa seine Hand nahm, hätte Bodhi vor Glück weinen können.

Sie waren alle traurig, als sie am Abend wieder in seinem Privatjet saßen. Tim plauderte erst munter mit Sailor, aber dann schlief er ein, nachdem er sich beschwert hatte, dass Bodhi ihn am nächsten Morgen nicht von der Schule entschuldigen wollte.

„So war es ausgemacht, Kumpel. Luxus am Wochenende und dann zurück in die Normalität."

Tim grummelte, aber Bodhi spürte, dass sich ihre Beziehung zueinander verändert hatte. Er zog einen Decke über seinen schlafenden Sohn und lächelte Sailor an. „Bist du auch müde, Baby?"

„Ein bisschen und aus gutem Grund."

Er setzte sich neben sie und nahm sie in die Arme. „Das freut mich. Schau, wir beide wissen, dass wir das alles irgendwie regeln müssen. Das Letzte, was ich will, ist, dass du dich nicht gut dabei fühlst, dass wir zusammen sind. Und da ist noch etwas anderes. Die Presse. Sailor ... die jagen mich, wenn es um meine Beziehungen geht, und wenn sie nur einen kleinen Wind von uns bekommen, dann werden sie hinter dir her sein. Wir müssen uns also unbedingt darüber klarwerden, wie das funktioniert."

Sailors Augen waren riesig. „Ich habe da gar nicht daran gedacht ... Himmel. Wenn sie mein Foto drucken, dann wird Bart erfahren, wo ich bin."

„Ja. Und das ist meine größte Sorge. Also müssen wir planen. Ich habe da eine Idee, aber sie könnte dir komisch vorkommen."

Sailor holte tief Luft. „Schieß los."

„Ich werde mich für die Presse auf eine vorgespielte Beziehung einlassen. Ich weiß, wen ich darum bitten könnte, und ich bin mir ziemlich sicher, dass sie mitmachen wird, aber es hängt von dir ab."

„Wer?"

„Soleil."

Sailor nickte und versuchte nicht eifersüchtig zu sein, aber sie schaffte es nicht. Soleil sah umwerfend aus. Bodhi sah die Zurückhaltung in ihren Augen.

„Sails ... ich bin nicht Soleils Typ, das schwöre ich. Du könntest es sein, aber mit Sicherheit nicht ich."

Sailor war überrascht. „Sie ist lesbisch?"

„Ja. Aber sie schätzt ihre Privatsphäre und stellt ihre Beziehungen nicht ins Licht der Öffentlichkeit. Glücklicherweise sind

Kunsthändler nicht so begehrt bei der Klatschpresse, es sei denn, du bist ein Mallory oder ein Bartoli."

„Ich habe keine Ahnung, wer das ist", grinste sie ehrlich und er lachte.

„Siehst du? Aber egal, die Presse ist daran gewöhnt, mich mit Solly und Claudio zu sehen, also wird das Interesse minimal sein, aber zumindest werden sie denken, dass wir zusammen sind und sich nicht auf dich konzentrieren."

Sailor setzte sich aufrecht hin und nickte. „Also, wenn Soleil mitmacht ... aber ich möchte ihr keine Unannehmlichkeiten bereiten."

„Um dich in Sicherheit zu wissen, würde ich das", sagte Bodhi heftig und entspannte sich sogleich wieder. „Ich habe gedacht, wenn jemand fragt, dann könntest du sagen, dass du der Familie hilfst, vielleicht als Tims Erzieherin?"

Bodhi war unsicher, aber Sailor nickte. „Das passt zu mir."

Bodhi streichelte ihr Gesicht. „Vielleicht solltest du einziehen. Es würde sicherer sein und außerdem ... bin ich selbstsüchtig, ich will dich in der Nähe haben."

Sailor kaute auf ihrer Lippe und Bodhi nickte. „Du hast Zweifel."

„Es ist nicht so, als ob ich nicht sehe, dass es gut wäre, aber ... ich habe das erste Mal nach Jahren des Eingesperrtseins meine eigene Wohnung. Ich möchte nah bei dir und Tim sein, wirklich ... kann ich darüber nachdenken?"

Bodhi rieb seine Nase an ihrer. „Natürlich. Ich verstehe dich ja. Schau, ich habe einen Vorschlag, über den du nachdenken kannst. Du hast das Gästehaus geliebt, nicht wahr? Wie ich schon sagte, es gehört dir, deine eigene Wohnung. Wenn du Privatspähre willst, dann gehst du einfach dorthin. Ich weiß, es ist nicht dasselbe, aber du würdest auf meinem Grundstück und in Sicherheit sein. Die Sicherheitsleute werden nicht aufdringlich sein, versprochen. Aber nur, wenn du es auch willst. Lass mich dich nicht in etwas hineinreden, so läuft das zwischen uns nicht."

Sailor küsste ihn. „Du bist so süß."

„Wir schaffen das, Sailor, ich schwöre es. Ich werde alles tun, damit das funktioniert." Er küsste sie dann, bis beide nach Luft schnappten. „Bleib heute Nacht. Es wird sowieso spät sein, bis wir nach Hause kommen. Du kannst im Gästehaus schlafen, wenn du möchtest, aber bleib ..."

Sie schlief in seinen Armen ein und wachte auf, als das Flugzeug landete. Sailors Gedanken kreisten um die Ereignisse der letzten zwei Tage und ihre Zukunftspläne. Könnten sie es schaffen? Sie hoffte es von ganzem Herzen.

Tim schlief, als Bodhi ihn in sein Zimmer trug, und Sailor ging zum Gästehaus und brachte ihre Tasche hinein. Sie schaltete das Licht ein und sah sich um. Ja, sie konnte sich vorstellen hier zu leben. Das komfortable, leicht schäbige Strandhaus erinnerte sie an ihre himmlische Zeit auf der Insel.

Sie fühlte, wie Bodhis Arme sich um ihre Taille schlangen, und sie drehte sich um, um ihn zu küssen. Er küsste ihre Lippen, wanderte hinunter zu ihrem Hals, über die Schultern und zog die Träger von ihrem Kleid hinunter. Das Kleid fiel zu Boden, gefolgt von ihrem BH und dann zog er ihr Höschen über ihre Beine nach unten. Sie trat hinaus und schämte sich kein bisschen jetzt nackt zu sein. Sie zog sein Shirt über seinen Kopf und knöpfte seine Jeans auf. Kurz darauf waren sie beide nackt und erkundeten mit den Händen den Körper des anderen in dem Drang, sich so nah wie nur möglich zu sein. Sailor lächelte ihn an, als sie auf die Knie sank. „Sag mir, wenn ich was verkehrt mache", sagte sie leise und nahm dann seinen Schwanz in ihren Mund, fuhr mit der Zunge darüber und schmeckte den salzigen Lusttropfen. Er schmeckte nach Salz und frischer Luft und sie ließ ihre Zunge über seine ganze Länge gleiten und massierte mit den Händen zärtlich seine Hoden.

„Gott, Sailor ...", stöhnte Bodhi, und sie fühlte wie sein Schwanz dicker und praller wurde, als sie ihn liebkoste. Sie fuhr mit der Zungenspitze über die empfindliche Spitze und hörte ihn stöhnen. Seine Hände vergruben sich in ihren langen Haaren und massierten ihren Kopf, was ihren Körper zum Kribbeln brachte. Sailor spürte, wie ihr eigenes Geschlecht anschwoll und nass wurde, wie ein stetiger Puls zwischen ihren Beinen pochte und als Bodhi sich, kurz bevor er kam, aus ihrem Mund zurückzog, war er fast brutal in seiner Gier nach ihr, rollte sie auf den Boden und drückte ihre Beine auseinander, damit er sie lecken konnte. Sie schrie fast auf, als sein Mund ihre nasse Muschi berührte, sie wand sich und stöhnte unter ihm, versuchte nicht zu schnell zu kommen und diese süße, süße Qual noch etwas hinauszuzögern.

„Bodhi ... ich will sehen, wie du dich selbst streichelst ..."

Bodhi grinste und fing an seine freie Hand an seinem Schwanz auf und ab zu bewegen, während er sie mit seiner anderen Hand fickte und sein Daumen immer wieder über ihre Klitoris rieb. „Was immer du willst, Baby."

Sailor stöhnte und schnappte nach Luft, als Bodhis Hand sich schneller und schneller bewegte. „Ich will auf deinem Bauch kommen", sagte Bodhi und seine Stimme war rau vor Verlangen und sie nickte und kam, als er seinen heißen, cremigen Samen auf ihren weichen Bauch spritze. Beide schnappten nach Luft, küssten sich und Sailor schlang dann ihre Beine um seinen Hüfte und ihre Arme um seinen Hals und Bodhi stieß seinen Schwanz tief in sie und sie liebten sich für den Rest der Nacht.

Am nächsten Morgen wachte sie in dem großen Doppelbett im Gästehaus allein auf. Auf dem anderen Kissen fand sie eine Notiz.

Ich mache für uns alle Frühstück. Lass dir Zeit und komm ins Haus, wenn du fertig bist, mein Liebling.

Er hatte ein Herz darunter gemalt, was Sailor zum Lächeln brachte. Sie duschte und zog ein Shirt und Jeans an. Als sie ihr Haare föhnte, schaute sie ihr Spiegelbild an. *Du bist das glücklichste Mädchen auf der Welt, Sailor King.* Sie konnte es immer noch nicht fassen, wie sehr sich ihr Leben verändert hatte.

Als sie in die Küche kam, stand Bodhi am Ofen und briet Eier in einer Pfanne. Er grinste sie an und küsste ihre Wange. Sie hatten sich darauf geeinigt, sich nicht vor Tim zu küssen ... im Moment. *Lass ihn sich an den Gedanken von uns beiden zusammen erst einmal gewöhnen*, hatte Sailor gesagt und Bodhi hatte ihr zugestimmt.

Tim schlang seine Pancakes herunter, als ob er kurz vorm Verhungern stünde. „Alles okay, Kumpel?" Sailor wuschelte ihm durch die Haare. Tim grinste.

„Sailor, Dad hat gesagt, du wirst im Gästehaus wohnen, wenn du einverstanden bist."

Sailor warf Bodhi einen kurzen Blick zu und er zwinkerte ihr zu. Sie lachte in sich hinein – klar versuchte Bodhi Tim auf seine Seite zu ziehen – dann lächelte sie Tim an. „Wärst du damit einverstanden?"

„Klar", sagte er strahlend. „Ich mag es, wenn du hier bist. Und Dad auch."

„Da hat er recht." Bodhi sah Sailor an und in seine Augen stand ein so großes Verlangen geschrieben, dass Sailor am ganzen Körper rot wurde.

„Dad?"

Bodhi legte ein paar Eier auf zwei Teller für sich und Sailor. „Ja, Kumpel?"

„Kann Sailor mich heute zur Schule bringen?"

Bodhi und Sailor tauschten einen schnellen Blick aus und Bodhi lächelte seinen Sohn an. „Warum fragst du das nicht Sailor?"

Tim sah sie an und sie nickte. „Natürlich, das würde ich

gern. Können wir deinen RAV4 nehmen? Ich fühle mich zu ... unauffällig in dem Thunderbird."

Bodhi holte ein paar Schlüssel aus der Tasche. „Habt Spaß. Also eigentlich nicht unbedingt Spaß, eher fahrt vorsichtig."

Sie lachten alle über ihn und dann legte Tim seine Gabel hin. „Ich hole meine Schultasche."

Er sprang vom Stuhl und verschwand in sein Zimmer. Bodhi beugte sich sofort zu Sailor und küsste sie. „Guten Morgen, meine Schöne."

Sie drückte ihre Lippen auf seine. „Guten Morgen, schöner Mann."

Sie küssten sich sanft und genossen das Gefühl der Lippen des anderen. „Gott, ich will dich ... wenn du zurückkommst, nachdem du Tim zur Schule gebracht hast ..."

Sailor grinste. „Wir müssen arbeiten, Mr. Creed."

Er stöhnte enttäuscht. „Scheiß auf die Arbeit."

„Ich würde dich gern haben", sagte sie verschwörerisch und er lachte.

„Böses Mädchen, jetzt muss ich mit einem Steifen herumlaufen, bis du wieder zurück bist."

Sie beugte sich dicht zu ihm. „Ich werde mich darum kümmern, versprochen."

Bodhi nahm ihre Hand und küsste sie leidenschaftlich. „Ich werde dich so hart ficken, kleines Mädchen", knurrte er und sie kicherte.

„Ich kann es kaum erwarten."

Als sie vor der Schule ankamen, grinste Tim sie an. „Willst du Hallo zu ein paar meiner Freunde sagen?"

Sailor zögerte, dachte dann aber, dass es nicht schaden könnte. Tim wollte sie offenbar herumzeigen. Sailor war froh, dass sie ihre langen Haare unter eine Baseballmütze geschoben hatte. Sie dachte an die Perücken, die sie aus dem Brautmodengeschäft gestohlen hatte, als sie geflohen war, die Perücken, die sie sicher nach Kalifornien gebracht hatten. Angst durchströmte ihren Körper, aber sie schüttelte sie ab. *Dieses Leben liegt hinter mir.* Sie parkte das Auto und stieg mit Tim zusammen aus. Er rannte voraus und sprach mit ein paar Freunden, die mit ihren Müttern dastanden.

Tim stellte sie seinem besten Freund Harry und Harrys Mutter Diane vor. Diane begrüßte sie warmherzig. „Bist du neu hier?"

Sailor schüttelte ihren Kopf. „Nur der Job ist neu", log sie glatt. „Ich bin Tims Kindermädchen."

„Sie ist meine Freundin und die Freundin meines Vaters", sagte Tim und nickte weise.

Sailor legte ihre Hand auf seinen Kopf. „Da wir gerade davon sprechen, ich muss wieder zurück zur Arbeit. Hast du alles, Kleiner?"

Tim nickte und rannte schon mit Harry davon, als die Schulglocke erklang. „Danke fürs Herbringen, Sailor. Bis später!"

Sailor nickte Diane erleichtert zu, stieg wieder ins Auto und fuhr zurück zum Anwesen.

Bodhi war am Telefon, als sie zurückkam und die Schlüssel auf die Küchentheke legte. Er grinste sie an. „Hey, sie ist hier, ich lege dich auf Lautsprecher." Er drückte einen Knopf und Sailor hörte Soleil, die sie begrüßte.

„Hey Mädchen, wie ich höre bist du vergeben?"

Sailor wurde rot und lachte. „Offenbar. Wie geht es dir, Soleil?"

„Nenn mich Solly und mir geht es gut, danke. Ich bin im Moment in Italien, aber ich bin am Wochenende wieder in L.A. um unser kleines Komplott zu starten."

„Bist du sicher, dass du das tun willst?" Sailor warf Bodhi einen nervösen Blick zu.

„Auf jeden Fall! Ich freue mich. Wurde Zeit, dass jemand mit mehr Qualität Bodhis Gurke kitzelt. Ich werde dir natürlich die übliche 'Wenn du ihm wehtust bla bla bla Predigt' halten."

Sailor lachte. „Ich habe nichts anderes erwartet. Danke Solly, du bist die Beste."

„Ja, das bin ich", lachte die andere Frau. „Ich sehe euch beide Verrückten am Wochenende."

Sie legte auf und Bodhi grinste Sailor an. „Sie macht mit."

Plötzlich fing Sailor zu zittern an. Dieser Mann, dieser umwerfende Mann gehörte *ihr*. Wie war das möglich?

„Sailor." Bodhi kam zu ihr und zog sie sanft in seine Arme. „Von jetzt an heißt es du und ich, okay?"

Sie nickte und schaute in sein wunderschönes Gesicht. Seine Lippen legten sich auf ihre.

„Ich werde dich jetzt in mein Bett bringen, Sailor King ... die Arbeit kann warten ..." Und er führte sie in sein Schlafzimmer.

„Bist du sicher?"

Diane nickte. „Ich meine, sie hatte die Haare hochgesteckt, aber ich bin mir ziemlich sicher. Diese Rehaugen sind unverkennbar."

Bartholomew Foy war zufrieden. „Danke Diane, du hast dich als sehr hilfreich erwiesen."

Diane lächelte ihn an, verließ das Zimmer und schloss die Tür hinter sich. Bart sah zu Salem, der dreckig grinste. Sie waren sofort nach L.A. Geflogen, als der Anruf von Diane kam, einem der ranghöchsten Mitglieder der Kinder der Liebe in Kalifornien. „Also arbeitet Sailor für Bodhi Creed? So, so, so."

Salem gluckste. „Es sollte einfach genug sein, sie zu finden und sie umzubringen, wenn sie das Kind jeden Tag zur Schule bringt."

„Tatsächlich." Bart war in Gedanken verloren. „Aber ich habe eine bessere Idee. Sailor hat uns alle betrogen, also ist es nur rechtens wenn wir sie leiden lassen, bevor wir sie umbringen. Dieses Arschloch Creed – was wissen wir über ihn?"

Salem seufzte. Manchmal hatte sein Boss wirklich keine Ahnung von der Welt außerhalb der Gemeinschaft. „Er ist unberührbar Boss. Er hat ein Anwesen in den Hollywood Hills, Sicherheitsteam und alles, was dazugehört. Wenn Sailor dort ist, dann ist sie für uns auch unerreichbar."

Bart klopfte mit dem Finger an sein Kinn. „Ich frage mich, ob sie ihn fickt?"

„Sailor?" Salem sah skeptisch aus. „Ich bezweifle das."

„Das werden wir ja bald herausfinden. Bis dahin ... sollten wir uns bedeckt halten. Unser Kontakt im Reisepassbüro hat gesagt, dass ihr Name jetzt Sarah Hall ist. Finde heraus, wo Sarah Hall ihre Kreditkarte benutzt, erstelle einen Zeitplan von ihren Tätigkeiten. Schau, ob wir in Creeds Sicherheitsteam einen Maulwurf finden können."

„Das werde ich, Boss. Was hast du vor?"

Bart lachte leise. „Ist das nicht sonnenklar? Sailor, meine wunderschöne Sailor, wird ihren sechsundzwanzigsten Geburtstag nicht mehr erleben."

KAPITEL SECHS

Sailor saß zusammen mit Bodhi in dem Taxi und sie fuhren durch die Straßen von San Francisco. Sie waren auf ihrem Weg zum Büro von Quartet, und Sailor war so aufgeregt, dass sie dachte, sie müsste sich jede Minute übergeben. Ihre gute Laune färbte auf Bodhi ab, der ihre Hand hielt.
„Du weißt, dass Bay heute nicht da sein wird?"
Sailor grinste ihn an „Ja. Aber ich treffe sie irgendwie durch Osmose, da ich in demselben Raum wie einige ihrer Freunde sein werde."
„Groupie."
„Das weißt du doch." Sie kicherte, als er sie küsste.
In dem luftigen und praktischen Bürogebäude wurden sie in das Verhandlungszimmer gebracht und kurz darauf kam eine lächelnde Blondine herein, die leger aber in teure Jeans und einem lila Oberteil gekleidet war. Sie schüttelte ihre Hände und stellte sich Sailor als Emily Moore vor. „Bodhi hat schon von dir geschwärmt", sagte sie und setzte sich. „Also wird das hier eine leichte Sache werden."
Sailor lächelte sie an. „Das hoffe ich ... ich habe ihm schon

gesagt, dass Quartet das beste Zuhause für seine Musik ist ... aber was weiß ich schon?"

Bodhi gluckste. „Sie ist total in Bay verliebt, also ignoriere sie einfach. Sie ist voreingenommen."

Emily lachte. „Ja, Bay hat diese Ausstrahlung ... und du hast tatsächlich Glück. Sie ist im Moment in der Stadt, also wenn ihr zwei heute Abend Lust auf Essen gehen habt?"

Sailor dachte, sie würde in Ohnmacht fallen und Bodhi lachte. „Aber sicher. Tim bleibt über Nacht bei einem Freund."

„Dann steht das fest. Dash hat unglücklicherweise einen Termin mit einem anderen Künstler heute Abend, aber Roman wird mit dabei sein. Sollen wir anfangen?"

Nach einem Morgen, der angefüllt war mit Diskussionen über Verträge und Recording Sessions, war Sailor voller Energie. Auch wenn sie nur wenig wusste, allein der Leidenschaft zuzuhören, mit der Bodhi über Musik sprach und zu hören, wie die Firma von Bodhi profitieren könnte, ließ ihr Blut schneller durch die Adern fließen. Musik war immer ihr Rettungsanker im Kult gewesen, ihre einzige Möglichkeit, sich zu flüchten – bis sie tatsächlich geflohen war –, und es würde für sie immer etwas Besonderes bleiben, aber bisher hatte sie sich nicht träumen lassen, dass sie jemals in dem Geschäft arbeiten würde und noch dazu als Bodhis Assistentin.

Roman Ford gesellte sich zu ihnen und Sailor mochte ihn sofort. Er war ein stiller und ernster Mann, aber wenn er lächelte, dann sah sie seine wahre Natur. Sie wusste, dass er eine Beziehung zu Kym Clayton hatte, einem weiteren Mitglied von The 9th and Pine, und hörte interessiert zu, als er mit Bodhi über die Band und die Firma sprach.

„Wir sind hier eine enge Familie, Bodhi, und wir nehmen niemanden, von dem wir nicht glauben, dass er zu uns passt. Wenn wir aber jemanden finden, dann jagen wir ihn aggressiv ...

wie du wahrscheinlich schon bemerkt hast." Er nickte zu Emily, die grinste. Bodhi lachte.

„Ich hatte so eine Ahnung. Hör zu, ich war von Anfang an bei Sony und ich bin sehr loyal, aber wir beide wissen, dass wir am Ende unseres gemeinsamen Weges angekommen sind. Ich habe mich bei ihnen schon lange nicht mehr so motiviert gefühlt, wie ich das im Moment gerade bei euch tue. Ich bin dabei, wenn ihr mich haben wollt."

Roman lächelte. „Gut. Ich habe gehört, ihr geht heute Abend mit uns essen?"

Bodhi nickte und sah zu Sailor, die breit lächelte. „Absolut. Hey, weißt du, ob wir eventuell hier irgendwo in der Nähe ein Hotelzimmer bekommen können?"

Emily nickte. „Das ist kein Problem." Sie zögerte. „Ein oder zwei Zimmer?"

Sailor wurde hochrot und Bodhi lächelte. „Wenn die Presse nachfragt ... zwei. Unter uns brauchen wir nur eines."

Emily lächelte sanft. „Verstanden." Sie drückte Sailors Hand und stand dann auf. „Wir kümmern uns sofort darum, damit ihr zwei euch vor dem Essen ausruhen könnt."

Sailor brach plötzlich in Panik aus. „Ich habe gar keine Sachen oder Kosmetikartikel oder Ersatzunterwäsche ..." Sie verstummte und wurde rot, als Roman, der mühsam ein Grinsen unterdrückte, sich räusperte.

Bodhi legte ihr den Arm um die Schulter. „Süße, wir können einkaufen gehen, mach dir keine Sorgen."

Zwei Stunden später in der Penthousesuite des Hotels stöhnte Sailor. „Ich habe mich wie ein Bauerntrampel aufgeführt."

Bodhi grinste, als er ihre Einkaufstaschen auf das Bett stellte. „Das hast du nicht ... es war bezaubernd."

Sie stöhnte und er zog sie in seine Arme. „Sailor ... sie haben dich geliebt. Ich denke, sie mochten dich mehr als mich. Ich weiß zumindest, dass *ich* das tue."

Sie gluckste. „Das sagst du nur so."

„Nein." Er schüttelte den Kopf und küsste sie. „Und jetzt tue ich das ..."

Er glitt mit seiner Hand unter ihr Shirt und streichelte ihren Bauch und sie seufzte und legte ihre Hand auf seinen Schwanz. „Du bist so hart."

Bodhi grinste. „Ich habe den ganzen Tag daran gedacht, dich zu ficken, an deine süße, enge, kleine Muschi um meinen Schwanz, wie dein schönes Gesicht so bezaubernd rosa wird, wenn du kommst ..."

Sailor stöhnte und ihr Herz raste. „Nimm mich an der Wand, Bodhi ... nimm mich hart ..."

„Was ist aus dir geworden?", seufzte er in gespielter Ernsthaftigkeit und brachte sie zum Kichern, als er sie gehen die Wand drückte und ihren Rock nach oben schob. „Und da wir jetzt ausreichend neue Unterwäsche haben ..." Er riss kräftig an ihrer Unterhose und sie schnappte nach Luft, als sie zerriss und er auf die Knie ging und sein Gesicht in ihrem Geschlecht vergrub. „Gott, du schmeckst so gut."

Er brachte sie zum Orgasmus, bevor er seinen Schwanz tief in sie hineinstieß und sie hart an der Wand fickte, sein Stöhnen war fast ein Knurren, in seinem Drang sie zu besitzen. Sailor biss in seine Schulter, da er sie vollkommen verrückt machte. Wie hatte sie es geschafft, so lange eine Jungfrau zu bleiben? Aber heute Nacht war sie sehr froh, dass es so war. Sie würde niemals mehr als das hier wollen, diesen tollen Mann. Sie fühlte, wie er kam, tief in sie spritzte und küsste ihn feurig.

Er trug sie mit ihren Beinen um seine Hüfte geschlungen zum Bett und legte sie ab und bewunderte ihren Körper.

Bei ihm fühlte sie sich wie die begehrenswerteste Frau der Welt und sie streckte sich, so dass er genießen konnte, wie ihre

Brüste sich bewegten, ihr Bauch und ihre Beine. Sie ließ ihre Augen über seinen festen Körper gleiten, die harten Muskeln, die starken Arme. Seine dunklen Locken waren durcheinander, er hatte einen Stoppelbart und seine großen, grünen Augen mit den langen Wimpern ruhten auf ihr. Er war der schönste Mann, den sie jemals gesehen hatte. Sie spreizte langsam ihre Beine und er grinste, ließ sich auf das Bett fallen und stützte seine Arme zu beiden Seiten ihres Kopfes ab.

„Verändere dich nie", sagte er leise. „Du bist perfekt."

Himmel, sie wollte ihm sagen, dass sie ihn liebte, aber es war viel zu früh dafür. Aber es war wahr. Sie wusste es tief im Inneren. Sie liebte Bodhi Creed.

Sailor fiel fast um, als Bay Tempe, offensichtlich hochschwanger aber wunderschön, sie umarmte. „Es ist schön, dich kennenzulernen", sagte die andere Frau zu ihr und grinste. „Hier, setz dich zu mir, ich glaube Tomas, wird mich langsam leid."

Tomas Meir, noch einer der CEOs von Quartet und Bays Ehemann, rollte die Augen. „Genau, ich habe dich oft satt. Deshalb bist du auch in dem Zustand." Er grinste seine Frau an und setzte sich auf ihre andere Seite, seine Hand auf ihrem Rücken ... Sailor lächelte leicht nervös. Bay Tempe war jetzt ein Superstar, die Sängerin von The 9th and Pine, aber im Verlauf des Essens zeigte sich, wie bodenständig sie war. Sailor war noch mehr in sie verliebt, als sie sich entschuldigte, um zur Toilette zu gehen.

„Sie sieht so gesund aus", sagte Bodhi zu Tomas, der lächelte, aber das Lächeln erreichte nicht seine Augen. Dash, Emilys Freund, runzelte die Stirn. „Was ist los, Tom?"

Tom seufzte und Sailor bemerkte plötzlich die Sorge auf seinem Gesicht. „Stu Lawson ist heute aus dem Gefängnis geflohen."

Emily keuchte. „Himmel, nein ... wie konnte das passieren?"

Tomas nickte mit traurigen Augen. „Die Polizei verrät mir nicht mehr. Sie haben es aus guten Gründen aus der Presse herausgehalten ... und ich habe es Bay bis jetzt noch nicht gesagt."

Sailor hatte kein Ahnung, worüber sie sprachen. Sie sah zu Bodhi, der leicht mit dem Kopf schüttelte und ihr ins Ohr flüsterte: „Ich erzähle es dir später."

Emily wandte sich an Tom. „Hast du ihr jemals von den Briefen erzählt?"

Tom schüttelte seinen Kopf, sah dann auf und lächelte, als Bay zurück an den Tisch kam. Sie schien die veränderte Stimmung zu bemerken. „Was ist los?"

Tom grinste. „Nichts, wir haben dich nur vermisst."

Bay lachte und Dash tat so, als müsse er sich übergeben. Bay schlug ihm leicht auf den Kopf, schien aber mit Toms Antwort zufrieden zu sein. Er zog sie auf seinen Schoß und küsste sie, und Sailor sah die Liebe in seinen Augen.

Genauso sah Bodhi *sie* an. *Bilde ich mir das nur ein? Ist es nur, weil ich so verzweifelt will, dass er mich liebt?* Sie fühlte, wie Bodhi seinen Hand um ihre schloss.

Als sie das Restaurant verließen, nahm Bay Sailors Handy und speicherte ihre Nummer darin ab. „Ruf mich jederzeit an, Sailor. Das meine ich ernst."

Zurück im Hotel schenkte Bodhi ihnen etwas Champagner ein. „Vor ein paar Jahren, als die Band bei Quartet unterschrieben, hatten sie einen Manager namens Stu Lawson. Zu der Zeit war er Kyms Freund und er war ihr gegenüber brutal ... schlug sie ständig. Er und Bay hatten schon immer eine sehr zerbrechliche Beziehung. Um es kurz zu machen, Kym hat ihn verlassen und Bay hat ihn gefeuert ... und Stu hat dreimal auf Bay geschossen und hat sie zum Sterben liegen gelassen. Er hat Kym entführt und auch fast umgebracht. Bay hat es geradeso geschafft."

Sailor war erschüttert. „Gott, ich hatte keine Ahnung."

Bodhi lächelte schief. „Du warst ziemlich beschützt, hm?"

Sailor nickte. „Wir durften uns bestimmte Nachrichten nicht anschauen, und wo ich jetzt darüber nachdenke ... die einzigen Straftaten, von denen wir wissen durften, waren entweder die, die von Frauen begangen wurden (um uns zu zeigen, wie bösartig unser Geschlecht war) oder von Männern, die sagten, dass die Frau sie dazu gebracht hatte."

Bodhi sah wütend aus. „Herrgott. Ernsthaft Sails, wenn ich Barty Foy jemals in meinen Hände bekomme ..."

Sie nahm seinen Hand. „Ich will nicht über ihn sprechen. Nicht nach einem so schönen Tag."

Bodhi beugte sich vor und küsste sie. „Guter Plan, es war ein großartiger Tag ... und er wird noch besser werden. Lass uns diesen Champagner mit ins Bett nehmen."

Bodhi nahm einen Schluck von dem Champagner, hielt ihn im Mund und legte seinen Mund auf Sailors Klitoris, die die zerplatzenden Bläschen spürte. Sailor keuchte bei dem Gefühl und Bodhi fühlte, wie sein Schwanz darauf reagierte und schon fast schmerzhaft hart wurde, während er seine Zunge um ihre Klitoris kreisen ließ und seine Finger tief in das Fleisch ihrer Hüften vergrub, um sie ruhig zu halten, während er leckte und saugte. Er war unerbittlich und ließ nicht von ihr ab, bis sie kam, seinen Namen schrie. Dann versenkte er seinen Schwanz in sie, ihre Hände über ihrem Kopf haltend und seine Augen in ihre gebohrt, während er sie fickte.

„Du bist meine Welt Sailor, meine Welt ..." Er meinte jedes Wort und als er kam und sie von den vielen Orgasmen fast weinte, zog er sie an sich und küsste sie zärtlich.

Als sie endlich in seinen Armen eingeschlafen war, traf Bodhi Creed eine Entscheidung. Er dachte daran, wie Tom in dem Restaurant ausgesehen hatte, als er ihm erzählt hatte, dass das Leben seiner Geliebten wieder einmal in Gefahr war.

Genauso hatte er sich gefühlt, als Sailor ihm erzählt hatte, dass, wenn Bart Foy sie finden würde, sie eine tote Frau wäre.

Das würde nicht passieren.

Denn Bodhi Creed würde Bart Foy und die Kinder der Liebe zur Strecke bringen.

Tim blinzelte Sailor an, als sie sich mit einem Stapel Dokumente und ihrem Laptop neben sich an den Poolrand setzte. „Sails, wann hörst du auf zu arbeiten und spielst mit uns?"

Sailor grinste ihn an. Bodhi versuchte Tim das Schwimmen beizubringen, aber beide lenkten sich ständig gegenseitig ab. „Wenn ich fertig bin, du ungeduldiger Junge. *Jungs*", fügte sie hinzu und grinste Tims Vater an, der sie lasziv ansah. „Timbo, wenn du eine ganze Bahn schwimmen kannst, ohne dass dein Vater dich an deiner Badehose festhält, dann komme ich rein."

„Eine ganze Bahn? Oh man", stöhnte Tim, warf sich rückwärts ins Wasser und schmollte. Ihre Reise nach San Francisco war jetzt einen Monat her und ihr Leben wurde jeden Tag besser, wie Sailor fand. Tim und Bodhi hatten richtig zueinander gefunden und seit Bodhi angefangen hatte Tim das Schwimmen beizubringen, bekam Tim immer mehr Selbstvertrauen.

Sailor blieb die meisten Nächte jetzt im Gästehaus – die meisten ihrer Sachen waren mit der Zeit aus ihrer kleine Wohnung hierhergewandert. Bodhi hatte bei einem seiner nächtlichen Besuche in ihrem Bett gefragt, warum sie die Wohnung nicht kündigte.

Sailor hatte gegrinst. „Weil ich es mag, wenn ich die Wahl habe, wo ich schlafe. Das bedeutet mir eine Menge", sagte sie ihm.

Und Bodhi verstand es und versuchte nie wieder sie dazu zu überreden, die Wohnung zu kündigen. Jede Minute, die sie im Bett verbrachten, fühlte sich Sailor selbstbewusster und weiblicher – Bodhi betete ihren Körper an, als ob er keine andere Frau auf der Welt haben könnte – wenn er doch so offensichtlich konnte. Sailor fand das immer noch erstaunlich.

Und sie liebte es, für ihn zu arbeiten – *mit* ihm, verbesserte sie sich, da Bodhi darauf bestand, dass sie eine Partnerschaft hatten und nicht Boss und Angestellte waren. Sie war damit beschäftigt, seine nächste Tour zu organisieren – die allerdings erst in einem Jahr sein würde, wenn Tim sich vollständig eingelebt hatte. Sie sprach mit Emily und oft mit Bay, und Sailor fühlte, dass sie immer kompetenter wurde, was Bodhis Welt anbelangte. Sie liebte es, mit beiden Frauen zu plaudern, und manchmal mit Tom, der ab und zu dazwischenrief, wenn Bay sie auf Lautsprecher hatte und sich oft über seine *riesige* Frau lustig machte. Bay stand jetzt kurz vor der Geburt ihres dritten Kindes. Bay und Toms Zwillingstöchter, Esme und Milly, waren schon fünf und verschafften ihren Eltern graue Haare, wie Bay sagte, aber Sailor konnte die Liebe in ihrer Stimme hören.

Bay sagte ihr, dass sie einige Erfahrung mit Rockstar-Eltern hatte – Kyms Mutter und Vater waren Charlie und Mac Clayton, die in den 80ern berühmt waren und die meiste Zeit von Kyms Kindheit nicht miterlebt hatten. Es hatte Kyms Selbstvertrauen stark beeinträchtigt, wie Bay Sailor erzählte.

„Manchmal denke ich, dass es der Grund war, warum sie so lange bei Stu geblieben ist", sagte Bay und Sailor war überrascht, dass sie so offen über den Mann sprach, der versucht hatte sie umzubringen.

„Bodhi hat mir gesagt, was passiert ist. Es tut mir so leid, Bay."

Bay seufzte. „Es ist schon lange her, Sails. Ich sage nicht, dass ich es jemals vergessen werde, aber es liegt hinter mir."

Sailor zögerte. „Ich habe einige Erfahrung mit gewalttätigen Männern."

„Das tut mir leid zu hören. Willst du darüber reden?"

Und zu ihrer eigenen Überraschung erzählte Sailor Bay

alles, von Tilly, ihrer Mutter und Bart. Bay war entsetzt und Sailor konnte hören, wie erschüttert sie war, sogar über das Telefon.

„Oh Gott, Sails, das tut mir wahnsinnig leid."

„Danke, aber ich habe es dir nur erzählt, weil ... ich möchte für dich da sein, wenn du jemals einmal mit jemandem reden willst, der Bescheid weiß, verstehst du?"

Sie hörte wie Bay ein Schluchzen unterdrückte. „Verzeih mir Sails, meine Hormone machen mich ganz hibbelig. Ich danke dir und ich hoffe, dass es selbstverständlich ist, dass das Gleiche auch für dich gilt. Jederzeit."

Sailor hörte dann die Stimme eines kleinen Mädchens: „Mama, warum weinst du?"

„Babyhormone, Süße. Lauf und such deine Schwester, ich mache euch etwas zu essen. Esme", sagte Bay zu Sailor. „Ernsthaft, das Mädchen ist die Reinkarnation von Sherlock Holmes, sie bemerkt alles. Ich hoffe das Essen wird sie davon ablenken, Tom zu erzählen, dass ich geweint habe. Zumindest bei mir hat es immer funktioniert", gluckste Bay, und Sailor war froh, dass sie wieder etwas fröhlicher klang.

„Essen hilft immer", stimmte sie zu, und nachdem sie sich verabschiedet hatten, ging sie in die Küche und machte Tim einen Snack für später, wenn er nach Hause kam.

Mehr und mehr fiel sie in die Rolle der Mutter und sie mochte es. Manchmal musste sie sich selbst daran erinnern, dass sie nicht seine Mutter war, das er eine richtige Mutter hatte die, ihn immer noch jede Woche anrief und ihn immer noch liebte. Also musste sie sehr vorsichtig sein, aber, Himmel, sie war ganz vernarrt in das Kind und er war vernarrt in sie.

Sie hörte Bodhi nach ihr rufen und ging los, um ihn zu suchen. Er war im Schlafzimmer und versuchte sich für eine Krawatte zu entscheiden. Heute war das erste Mal, dass er eine Verabredung mit Soleil hatte, eine künstlerische Wohltätigkeitsveranstaltung in Hollywood, und Sailor bewunderte ihn im Anzug.

„Gott, du bist ein gutaussehender Mann", grinste sie ihn an. „Nimm die Blaue. Es bringt das Grün in deinen Augen zur Geltung."

Er grinste sie an und küsste sie und nahm den blauen Schlips. „Bist du sicher, dass du hier allein mit Tim zurechtkommst?"

Sie half ihm dabei, den Schlips umzubinden. „Aber ja doch. Wir werden Fast Food essen und den ganzen Abend Horrorfilme anschauen. Dann werden wir mit voller Lautstärke auf deiner Gitarre spielen und die Nachbarn aufwecken."

Bodhi lachte. „Du bist ein schlimmes, schlimmes Mädchen."

Sailor fing an 'Criminal' von Fioan Apples zu singen. „I've been a bad, bad girl, I've been careless with a delicate man ..."

Sie tanzte um ihn herum, während er versuchte sie festzuhalten. Endlich erwischte er sie und küsste sie. „Und du kannst singen, verdammt. Warum hast du mir das nie erzählt?"

Sie schnaubte. „Ja, wenn du es im Studio aufpolierst."

„Nein, ernsthaft, sing mehr für mich."

Sailor streckte ihre Zunge heraus und sang dann „Puff the magic dragon" vollkommen falsch. Bodhi lachte kopfschüttelnd. „Gut geschauspielert. Aber wir werden darauf zurückkommen."

„Ha, dazu musst du mich erst einmal besoffen machen, bevor ich für dich singe, großer Junge."

„So, du sagst also", Bodhi saß auf dem Bett, „dass ich dich in jeder Stellung ficken kann, aber du nicht für mich singen willst?"

Sailor küsste ihn. „Jup. Da wir gerade vom Ficken sprechen ..."

„Ich habe dich zu einer Nymphomanin gemacht", sagte Bodhi, aber er öffnete schon seinen Reißverschluss und schob ihr Höschen beiseite. Sailor schnappte nach Luft, als er seinen Schwanz in sie hineinstieß.

„Guter Gott, Bodhi, du bist immer so hart, Gott, das ist gut, das ist gut ..."

Soleil umarmte Sailor. „Schau, wenn du Fotos von uns siehst, auf denen wir uns küssen, dann denk immer daran das a) ich mir vorstelle, dass du es bist und b) ich mich meisten direkt danach übergeben habe."

Sailor lachte laut und Bodhi rollte mit den Augen. „Hör auf meine Freundin anzubaggern, Solly."

Soleil grinste breit und Sailor warf Bodhi einen beleidigten Blick zu. „Nein, hör nicht auf seine Freundin anzubaggern, Solly."

Sie schnappte Soleil und gab ihr einen dicken Kuss auf ihre weichen Lippen. Soleil war zuerst geschockt und lachte dann. Bodhi stöhnte.

„Jetzt muss ich rausgehen ... zelten." Er deutete auf seine offensichtliche Erektion, die den Stoff seiner Hose ausbeulte, und bedeckte es schnell, als Tim in die Küche kam.

„Du hast recht Sailor, The Hills have Eyes ist auf Netflix erhältlich", sagte er nonchalant und kicherte, als Bodhis Augen fast heraussprangen. „Beruhige dich Dad, wir ziehen dich nur auf."

„Siehst du, mit was ich hier fertig werden muss?", sagte Bodhi zu Solly, die laut lachte. „Komm Sol, bevor die zwei mich in den Wahnsinn treiben."

Sailor und Tim hatten einen großartigen Abend. Sie lümmelten auf Bodhis großer Couch, plauderten und sahen sich 'Clueless' , einen von Sailors Lieblingsfilmen, an. Sailor erklärte Tim das es eine moderne Version von Jane Austens 'Emma' war. Tim sah sie ausdruckslos an und Sailor rollte mit den Augen. „Bringen sie euch denn in der Schule gar nichts bei? Warte eine Sekunde", und sie ging in das Gästehaus – das jetzt ihr Zuhause war – und schnappte sich das Buch aus ihrem Regal. Als sie wieder zurück zum Haus ging, hörte sie, wie jemand ihren Namen rief und drehte sich um. Es war Udo, einer von Bodhis Sicherheitsleuten.

„Ist alles okay, Ms. Halls?" Sie hatten sich darauf geeinigt, dass sie für jeden, außer denen, die ihr nahestanden, 'Sarah Halls' sein würde.

Sailor lächelte ihn an. „Ja, danke Udo, ich habe nur ein Buch für Tim geholt."

Udo nickte. „Schönen Abend noch, Ma'am."

„Danke Udo."

Tim wartete an der Glastür und sie gab ihm das Buch. „Hier, bitte. Wenn du Probleme hast es zu lesen, dann lass es mich wissen."

Tim dankte ihr aber er schien abgelenkt. „Alles okay, Räuber?" Sie legte ihm eine Hand auf seinen dunklen Kopf.

„Ich mag den Typen nicht."

„Wen? Udo?"

Tim nickte. „Bei ihm läuft es mir kalt den Rücken runter."

Sailor runzelte die Stirn und schloss die Tür hinter sich. „Setzen wir uns hin, Timbo."

Als sie wieder auf der Couch waren, sah Sailor den Jungen forschend an. „Warum magst du ihn nicht? Hat er irgendetwas gesagt oder getan?" Sailor trug ihr Herz auf der Zunge. „Denn wenn er das hat, dann kannst du es mir oder deinem Dad sagen und wir werden die Sache in Ordnung bringen, Liebling. Du musst dir wegen ihm keine Sorgen machen. Ist irgendetwas passiert?"

Tim schüttelte seinen Kopf. „Nein. Nicht wirklich ... es ist nur, wie er dich ansieht, ich mag das nicht."

„Er sieht mich an?"

Sailor grinste erleichtert. „Nun, er hat einen schrecklichen

Geschmack, was kann man da machen? Mach dir deshalb keine Sorgen, Kumpel."

Tim war damit nicht zufrieden. „Sailor?"

„Ja, Baby?"

Tim zögerte einen Moment. „Bist du die Freundin von meinem Dad?"

Sailor fühlte wie ihr Gesicht heiß wurde, aber sie nickte. „Ja, Liebling, das bin ich. Aber es ist ein Geheimnis, weißt du? Denn sonst würden uns die Leute und die Zeitung nicht mehr in Ruhe lassen. Tante Solly tut so, als ob sie Dads Freundin wäre, um sie auszutricksen. Also wenn es dir nichts ausmacht, dann erzähle niemanden, dass dein Dad und ich zusammen sind, bitte. Meinst du, du schaffst das?"

Tim nickte. „Sicher." Er lächelte. „Ich bin froh, dass du seine Freundin bist, Sailor. Ich habe dich lieb."

SAILOR HATTE Tränen in den Augen. „Ich habe dich auch lieb, Kleiner." Sie gab ihm High-Five. „So, und welchen Film sehen wir uns als nächsten an?"

Bodhi küsste Soleil auf die Wange. „Danke für heute Abend, Solly, du bist wirklich die Beste."

Soleil grinste und ihr schönes Gesicht leuchtete auf. „Wenn es darum geht Unfug zu treiben, dann bin ich dabei, das weißt du doch. Hey, hör mal zu ... ich bin in Sailor vernarrt. Sie ist die Richtige für dich, das spüre ich in meinen Knochen. Mach es nicht kaputt."

Bodhi lachte leise. „Ich weiß, und mach dir keine Sorgen. Auf keinen Fall."

Solly musterte ihn. „Du bist schon verliebt, nicht wahr?"

Er nickte vollkommen unbeeindruckt. „Komplett. Meine Familie ist komplett, daran habe ich keine Zweifel."

Solly umarmte ihn. „Ich bin so froh. Hör zu, in meinem

Hotel wartet eine sehr, sehr schöne Krankenschwester auf mich, also wenn es dir nichts ausmacht ..."

„In ein paar Wochen werden wir nach Florenz fliegen ... möchtest du mitkommen?"

Solly nickte. „Claudio hat mich schon eingeladen. Das erspart mir in der Businessklasse zusammen mit ein paar Idioten zu fliegen. Ruf mich morgen früh an."

„Das werde ich. Und danke noch mal."

„Kein Problem. Gute Nacht." Sie grinste ihn an und stieg in ihren Mercedes. „Geh und hab Sex mit einem wunderschönen Mädchen. Ich zumindest werde das heute Nacht tun."

Bodhi lachte immer noch, als er ihr nachwinkte, und spazierte dann zu der Hütte seiner Sicherheitsmannschaft. „Hey Udo, du hast diese Woche Nachtdienst, hm?"

Udo lächelte. „Das habe ich Mr. Creed. Heute Abend war alles ruhig."

„Danke Udo. Und nenne mich Bodhi, verdammt noch mal. Ich fühle mich sowieso schon alt. Mr. Creed war mein Vater."

„Ja, Sir."

„Udo."

„Entschuldige. Ja, Bodhi."

Bodhi grinste. „Guter Mann. Gute Nacht."

„Nacht."

Bodhi ging in das Haus und fand Sailor und Tim schlafend auf der Couch, Sailors Arm um den Jungen und sein Kopf lag auf ihrer Schulter. Bodhi machte ein Foto – sie sahen zum Anbeißen aus. Der Blitz weckte Tim nicht, aber Sailor öffnete ein Auge und grinste.

„Entschuldige", flüsterte Bodhi und beugte sich nach unten, um sie zu küssen. „Ich konnte nicht widerstehen. Was mich auf eine Idee bringt ... aber vielleicht sollten wir Tim erst ins Bett bringen."

Sailor lächelte und Bodhi hob Tim hoch und trug ihn ins Bett. Tim zuckte nicht einmal.

„Ich habe ihm heimlich Drogen verabreicht", flüsterte Sailor grinsend. „Er sollte für eine Weile weg sein."

Bodhi gluckste über ihren Scherz. „Er kommt nach seinem Papa, ich konnte auch so schlafen, als ich noch jung war."

„Jetzt nicht mehr?"

Er drehte sich zu ihr um und streichelte ihr Gesicht. „Heutzutage habe ich Besseres zu tun, als zu schlafen." Er strich mit seinen Lippen leicht über ihre. „Bleib bei mir heute Nacht, in meinem Bett."

Sailor vergrub ihre Finger in seinen dunklen Locken. „Tim weiß von uns. Er hat mich geradeheraus gefragt, ob ich deine Freundin bin, und ich habe Ja gesagt. Er scheint froh darüber zu sein."

Bodhi grinste sie an. „Noch etwas, wo er nach seinem Papa kommt. Also, bleibst du? Es wird Zeit, dass Tim sich daran gewöhnt, dass du die ganze Zeit hier bist."

Sailor nickte und Bodhi führte sie in sein Zimmer und schloss die Tür hinter sich. Glücklicherweise war sein Zimmer am anderen Ende des Hauses, weit weg von Tims. Sailor schob sein Jackett von seinen Schultern.

„Eigentlich will ich gar nicht, dass du es ausziehst", sagte sie mit Verlangen in ihren Augen. „An dir sieht es besser aus als an jedem anderen Mann in der Welt."

Bodhi zog sich das Jackett wieder über und sie kicherte. Bodhi lies seine Hände unter ihr Shirt gleiten.

„Wie wäre es dann, wenn ich angezogen bleibe und du, schöne Frau, bist als einzige nackt, wenn ich dich ficke? Würde dich das anmachen?"

IHR STOCKTE der Atem in der Kehle und sie nickte aufgeregt.

Bodhi fuhr mit seinen Händen über ihre Arme. „Und wie wäre es, wenn ich diese Krawatte abnehme und damit deine Hände fessle? Dann wärst du richtig unter meiner Kontrolle?"

Er sah, wie sich ihre Nippel unter ihrem Shirt hart wurden und wusste, dass er richtig lag. Ihre Wangen wurden zartrosa und er zog ihr langsam ihr Shirt über den Kopf. Dann schob er ihre BH-Körbchen nach unten und saugte an jedem Nippel, bis sie stöhnte, und entfernte schließlich den BH vollständig. Danach ihre Jeans und ihr Unterhöschen. Er machte keine Anstalten, ihre Klitoris oder ihre Muschi zu berühren, und streichelte stattdessen ihren Bauch, ihre Brüste, ihre Kehle.

Er nahm die Krawatte ab, nahm ihre Hände und drückte seine Lippen auf die weiche Innenseite ihrer Handgelenke, bevor er vorsichtig ihre Hände hinter ihrem Rücken zusammenband. Dann sah er sie mit hochgezogener Augenbraue an.

„Zu eng?"

Sailor schüttelte ihren Kopf. „Nein. Enger."

Er grinste und zog die Krawatte enger zusammen. Sie wimmerte leise, lächelte aber, um ihm zu zeigen, dass sie den leichten Schmerz mochte.

„Gott, du bist unglaublich ..." Er nahm ihr Gesicht in seine Hände und küsste sie leidenschaftlich bis beide außer Atem waren.

„Ich will alles mit dir tun", flüsterte sie. „Alles. Ich gehöre dir, Bodhi Creed. Zeig mir, wie ich dich lieben kann ..."

Bodhi knurrte und sein Schwanz war steif und drückte gegen seine Hose. „Süße Qual", sagte er und sie nickte. „Meine Schöne, ich würde gern deinen Körper fotografieren, deine Brüste, deinen weichen Bauch, deine süße Muschi ... würdest du das erlauben?"

Sie nickte und er lächelt dankbar. „Du bist nicht von dieser Welt. Ich werde dich jetzt hinlegen." Er legte sie auf den Rücken. „Tut das an deinen Armen weh?"

„Ich mag es", sagte sie und er hörte keinerlei Zweifel in ihrer Stimme. „Ich will deinen Schwanz blasen, Bodhi, ich will dich schmecken."

Er grinste. „Alles zu seiner Zeit. Erst werde ich dich fotografieren. Soll ich mich jetzt auch ausziehen?"

Sie nickte begierig und er lachte, als er sich schnell seiner Sachen entledigte. Sein langer dicker Schwanz stand nach oben und er umfasste ihn an der Wurzel, als er die Kamera nahm. „Alles davon ist für dich, Sailor, alles."

Sailor spreizte ihre Beine für ihn, als er anfing Fotos von ihr zu machen, Nahaufnahmen von ihren Lippen, ihren Nippeln, ihrem Nabel, ihrer Muschi, die rot und geschwollen war und vor Erregung glänzte. Bodhi ließ sich Zeit, seine Erektion ließ nicht ein einziges Mal nach und er genoss ihr Spiel offensichtlich. „Gott, du bist so schön, Sailor King ... der schönste Anblick auf dieser Welt ... öffne dich weiter für mich, Baby, ich will dich schmecken."

ENDLICH LEGTE er die Kamera beiseite, kroch zwischen ihre Beine und dann war sein Mund auf ihrer Klitoris, seine Zunge umkreiste sie, schmeckte jeden Tropfen ihrer Erregung, ihres Verlangens nach ihm, neckte sie, bis sie sich unter ihm wand und stöhnte.

„Ich will dich schmecken, Bodhi, bitte."

Bodhi sah auf. „Willst du es gleichzeitig machen?"

Sie nickte und er drehte sie auf die Seite und sich selbst in die andere Richtung, so dass sie seinen Schwanz in den Mund nehmen konnte. Das Gefühl ihres süßen warmen Mundes, der ihn umschloss, war unglaublich erregend.

Sie schien instinktiv zu wissen, was sie tun musste, ihre Zunge wanderte an ihm auf und ab, sie neckte die Spitze und machte ihn damit vollkommen wahnsinnig. Sie sog daran, während er ihre Klitoris mit seiner Zunge quälte, und dann kamen sie beide heftig, fast gleichzeitig, bebend und nach Luft schnappend und Sailor schluckte gierig seinen Samen. Bodhi drehte sich um, so dass er sie küssen konnte und befreite ihre Hände währenddessen.

„Gott, Bodhi ...", Sailor weinte fast vor Lust, Tränen auf ihren Wangen und er küsste jede einzelne weg, bevor er seine Lippen auf ihre presste.

„Sailor King ... hast du eigentlich eine Ahnung davon, wie sehr ich dich liebe?"

Sailor schluchzte jetzt, Tränen des Glücks. „Gott, Bodhi, ich liebe dich auch, so sehr, *so sehr* ..."

Bodhi strich das feuchte Haar aus ihrem Gesicht und seine eigenen Haare hingen wirr um seinen Kopf. Ihr Gesicht war gerötet, ihre Lippen standen offen, während sie nach Luft schnappte und er lächelte. „Und das war erst der Anfang, Liebling ... wir können noch so vieles mehr machen."

Bodhis Schwanz wurde wieder hart und er legte sich auf sie, küsste ihre Brüste, die Vertiefung dazwischen, die Nippel und dann ihren Hals, bevor er zu ihren Lippen zurückkehrte und sein Schwanz in sie hineinglitt. Er war so hart, so groß, dass er ihre Muschi komplett ausfüllte und Sailor stöhnte bei dem Gefühl. Er liebte sie. *Er* liebte *sie*. Wenn sie jetzt sterben würde, wäre sie die glücklichste Frau der Welt, aber gerade jetzt stieß sein Schwanz so heftig in sie, dass sie froh war, dass sie es nicht tat. Seine Hände hielten ihre über ihrem Kopf fest und ihre Blicke waren ineinander verflochten, als er sie fickte, und Sailor war immer noch erstaunt, wie selbstsicher sie sich in seinen Armen fühlte. Er brachte sie wieder und wieder zum Orgasmus, bis er endlich, nachdem beide vollkommen erschöpft waren, an ihrer Seite zusammenbrach und beide nach Luft schnappten.

„Sailor King, ich schwöre, ich will dich niemals wieder verlassen."

Sie rollte sich in seine wartenden Arme und küsste ihn. „Ich liebe dich."

„Ich liebe dich auch, meine Schöne. „Gott ... können wir das nicht die ganze Zeit tun?"

Sie lachte leise. „Das wäre nicht angebracht vor Tim, denke ich."

Bodhi küsste ihre Stirn. „Wenn er älter ist, würde er es verstehen."

„Ich bin mir nicht sicher, dass das Jungendamt es würde." Sie lachten beide.

„Da hast du recht. Also weiß er, dass wir zusammen sind?"

Sie nickte und grinste schüchtern. „Er hat mir gesagt, dass er mich lieb hat."

Bodhi tat so, als sei er angewidert. „Verdammt, er hat mich geschlagen? Er spielt gut."

Sailor lachte und küsste ihn. „Ich bin so müde, aber du kannst mit Sicherheit noch einmal und ich bin bereit dafür."

Bodhi grinste. „Sexy Talk, ich mag das." Sailor setzte sich auf ihn und er nahm ihre Brüste in die Hände, als sie seinen Schwanz in sich versenkte und anfing ihn zu reiten.

„Du machst mich zum glücklichsten Mann der Welt, Sailor."

Sie grinste zu ihm herab. „Gut. Und jetzt halte den Mund und fick mich, Creed." Und lachend gehorchte er ihr.

Soleil küsste den bereits ziemlich wunden Mund von Hedda und stand dann auf, um ins Badezimmer zu gehen. Sie hielt kurz im Flur inne, da sie wusste, dass das Licht, das vom Badezimmer kam, die Silhouette ihrer perfekten Formen zur Geltung bringen würde und sah über ihre Schulter. „Wage es nicht, dich zu bewegen."

Hedda lächelte. Gott, Soleil war wunderschön und ein umwerfende Liebhaberin. Sie fragte sich, wie viele Männer ein Auge auf die schöne Kunsthändlerin geworfen hatten, nur um dann herauszufinden, dass sie lesbisch war.

Hedda wartete, bis Soleil die Tür zum Badezimmer geschlossen hatte, bevor sie ihr Handy nahm und eine kurze Nachricht schrieb.

Sie ist hier.

Eine Sekunde später bekam sie eine Antwort.

Gut. Bleib an ihr dran.

Hedda lächelte und steckte das Handy wieder in ihre Tasche. Als Soleil zurückkam, presste Hedda ihre Lippen auf ihre und sie liebten sich erneut. Hedda hoffte, dass Bartholomew Foy Soleil nur wollte, um an Sailor und Bodhi heranzukommen. Sie hoffte wirklich, dass er Soleil nicht als überflüssig ansah.

Sie war so unglaublich gut im Bett und es wäre wirklich schade um sie.

KAPITEL SIEBEN

Sailors Aufregung darüber, dass sie über den Atlantischen Ozean flogen, war ansteckend. Bodhi und Tim grinsten, als sie aus dem Fenster des Flugzeugs auf den Ozean starrte.

„Warum warst du niemals im Urlaub, Sailor? Haben deine Mama und dein Papa dich nicht mitgenommen?"

Sailor und Bodhi tauschten einen kurzen Blick aus und Sailor lächelte Tim an. „Nein, Liebling ... Ich hatte keine Eltern, ich habe an einem ... ähm ... besonderen Ort gelebt, wo Kinder ohne Eltern manchmal aufwachsen."

Tim sah nachdenklich aus. „Wie ein Kinderheim?"

Sailor zögerte. „Ja, ähnlich."

. . .

„HEY, KLEINER", half ihr Bodhi. „Was meinst du, mit wem Tanta Solly so lange am Telefon spricht?"

Tim grinste, als Soleil mit dem Telefon am Ohr die Zunge raus steckte. „Eine ihrer Freundinnen", sagte Tim neunmalklug, aber Solly schüttelte ihren Kopf und lächelte ihn an, hob aber den Finger, um noch um einen Moment zu bitten.

Sailor lehnte sich in Bodhis Arme und er presste seine Lippen auf ihre Schläfe. Sie waren auf dem Weg nach Italien, um Sollys Bruder Claudio zu besuchen – Bodhis besten Freund. Claudio war ein Künstler und arbeitete in einem Farmhaus inmitten der toskanischen Landschaft. Bodhis Mutter, die verzweifelt gewesen war, dass Bodhi als Kind Musik bevorzugt hatte, hatte Claudio von klein auf unterrichtet und jetzt arbeiteten sie häufig zusammen. Während Vittoria Creed sich mehr oder weniger zur Ruhe gesetzt hatte, stieg Claudio in der Welt der Kunst immer mehr nach oben, hauptsächlich dank der unermüdlichen Arbeit seiner Schwester. Claudio mochte Kunst, seine Freunde und Basteln – er hatte kein Interesse daran, Verbindungen zu pflegen. Soleil kümmerte sich darum, arrangierte Ausstellungen und stellte sicher, dass jeder Claudios Namen kannte.

Sailor konnte es kaum erwarten, dass sie endlich landeten. Sie hatte es sich niemals träumen lassen, dass sie nach Europa fliegen würde – sogar nachdem sie dem Kult entflohen war, war es etwas Unerreichbares für sie gewesen; sie hatte die Möglichkeit, dass sie sich in einen Millionär verlieben würde, nicht in Betracht gezogen.

Geld war eine Sache bei der sie sich in ihrer Beziehung zu Bodhi nicht wohl fühlte. Er bezahlte ihr weiterhin ein Gehalt – und regelmäßige riesige Boni – sogar nachdem sie ein Paar geworden waren, und Sailor wusste nicht, was sie davon halten sollte. Als Bodhi ihr gesagt hatte, dass er ihren Namen bei seinem Bankkonto hinterlegt hatte, bekam sie Angst.

„Bodhi, nein, das ist zu viel und zu schnell."

Aber er ließ keine Diskussion zu. „Es ist nur Geld, Sails. Es gibt so viel wichtigere Dinge im Leben – zum Beispiel wie sehr ich dich liebe. Geld spielt dabei keine Rolle."

Das ist nur, weil du es hast, hatte Sailor gedacht, aber geschwiegen. Sie hatte mit Bay Tambe darüber gesprochen, da sie wusste, dass diese den damals schon reichen Tom Meir geheiratet hatte. Bay hatte Verständnis für sie.

„Mädchen, glaub mir, ich weiß, wie du dich fühlst. Ich bin gegen alles gegangen, an was ich glaube, um zu akzeptieren, dass Tom reich ist. Das geht nie vorbei, aber ich habe meine kleinen Wege gefunden, um zu versuchen, es wiedergutzumachen. Als die Mädchen gekommen sind, ist das alles in den Hintergrund gerückt – mir war es egal, wie viel wir für sie ausgaben – und das ist es mir immer noch, ich will ihnen den besten Start ins Leben geben. Aber nur um es zu erwähnen, sie müssen immer noch kleine Arbeiten für ihr Taschengeld erledigen und wir haben versucht ihnen den Wert des Geldes zu vermitteln. Sie sind ziemlich vernünftig – das haben sie von Tom."

Sailor lachte. „Ich würde sie gern eines Tages kennenlernen."

„Das wirst du auf jeden Fall." Sailor hörte wie Bay sich bewegte und leise stöhnte.

„Geht es dir gut?"

Bay lachte. „Ja, es ist nur die Größe des Hauses. Der kleine Quälgeist sollte jetzt jeden Tag auf die Welt kommen."

„Aufgeregt?"

„Mehr als du glaubst."

. . .

Sailor dachte jetzt an Bay, wissend, dass wenn sie aus Italien wiederkamen, Bay das Baby schon hätte. Bodhi stieß sie leicht an. „Träumst du?"

Sie grinste zu ihm auf. „Ich denke an Bay. Kennst du das Sprichwort 'Du solltest deine Helden niemals kennenlernen'? Sie beweist, dass diese Theorie Unsinn ist. Und dann gibt es noch dich." Sie küsste ihn sanft auf den Mund. „Von dem Moment an, in dem ich dich getroffen habe, warst du mein Held, Bodhi Creed."

Die Liebe schimmerte in ihren Augen. „Und du warst meiner, Sailor." Er beugte den Kopf und legte seinen Mund dicht an ihr Ohr. „Claudio hat ein Schlafzimmer für uns am anderen Ende seines Grundstücks vorbereitet. Sehr einsam gelegen und ziemlich schallisoliert. Du hast ja keine Ahnung, was ich dort alles mit dir tun werde."

Sailor zitterte vor Lust und fühlte, wie sich alles in ihr vor Verlangen zusammenzog. Sie warf Tim und Solly einen raschen Blick zu, aber die beiden waren in ein Gespräch vertieft. „Und ich", sagte sie mit leiser, lüsterner Stimme, „habe ein paar Spielzeuge mitgebracht, mit denen wir spielen können."

Bodhis Augen wurden groß. „Unanständiges Mädchen."

Sailor grinste. „Ich bin das, wozu du mich gemacht hast, Creed."

Es war schon spät, als ihr Auto vor dem Farmhaus vorfuhr und Claudio Fonseca herauskam, um sie zu begrüßen. Sailor beobachtete wie er zuerst Soleil und dann Bodhi umarmte. Bodhi stellte ihm Sailor und Tim, der scheu lächelte, vor. Claudio war ein unglaublich gut aussehender Mann, dunkle Haut, dunkelbraune Augen, wirres, dunkles Haar. Nicht so groß wie Bodhi (und Sailors Meinung nach auch nicht so gut aussehend) überragte er sie und Tim trotzdem um einiges, und als er den schläfrigen Tim hochhob, kuschelte sich Tim an ihn, als ob er ihn schon seit Ewigkeiten kannte, und Sailor sah die Überraschung auf Bodhis Gesicht.

Sie brachten Tim direkt ins Bett, setzten sich dann zusammen in die Küche und Claudio machte für alle Sandwiches. Er schaffte es sogar, dass ein Schinkensandwich wie ein Kunstwerk aussah. Sailor sabberte fast, so gut schmeckte es. Bodhis Hand streichelte über ihren Rücken, als sie mit Claudio plauderten und dabei ab und zu ins Italienische abrutschten, wenn Claudio, dessen Englisch nicht so gut wie das seiner Schwester war, verwirrt schaute.

Es war nach Mitternacht, als sie endlich in ihr Schlafzimmer gingen und Sailor grinste, als sie es sah. Es sah aus wie etwas aus einem anderen Jahrhundert, rustikal auf eine extreme Art und Weise. Es lag in einem früheren Wirtschaftsgebäude und war ein großer Raum mit einer kleinen Küche, einem Badezimmer und großen Fenstern, die gesplittert waren. Ein riesiges Bett, das von einem weißen Moskitonetz bedeckt wurde, befand sich an einem Ende. Ein Nachttisch, der aus einem alten Metalltisch mit abgeblätterter Farbe bestand, war mit Büchern vollgestopft und auf ihm stand eine altertümliche Lampe. Sailor seufzte glücklich. „Das ist wunderschön", sagte sie und schaute sich eines von Claudios abstrakten Kunstwerken an, das im Wohnraum hing. Ein Durcheinander von Farben und Formen und es zog Sailor magnetisch an. Claudio stellte sich neben sie, während Bodhi ihre Taschen in die Schlafecke brachte. Claudio musterte Sailor.

„Gefällt es?"

Sie nickte. „Sehr. Ich weiß nicht warum, aber es macht mich fröhlich, all diese Farben zu sehen, besonders die, die nebeneinander eigentlich nicht zusammenpassen."

Claudio nickte zufrieden. „So habe ich es auch geplant. Ich glaube fest daran, dass Farben der mentalen Gesundheit helfen können, oder sogar deine Stimmung heben."

Sailor lächelte ihn an. „Das hast du mit Sicherheit erreicht, Claudio, und nicht nur mit diesem Bild. Der ganze Ort hier ist ... wie eine Erinnerung. An Schlichtheit, an Schönheit. Ich kann mir nicht vorstellen, dass hier irgendjemand unglücklich sein kann."

Claudio berührte ihren Arm. „Danke, das bedeutet mir eine Menge. Und jetzt", er sah auf, als Bodhi sich zu ihnen gesellte, „lasse ich euch zwei allein. Wenn ihr irgendetwas braucht, dann ruft einfach an oder holt es euch. Bis morgen früh."

ALS SIE ALLEIN WAREN, küsste Bodhi Sailor zärtlich. „Bist du müde, Baby?"

Sie nickte, sah ihm aber mit Verlangen in die Augen. „Ja ... aber ich brauche eine Schlafmütze, bevor ich mich richtig entspannen kann, verstehst du?"

Bodhi verstand sofort, wovon sie sprach, und grinste. „Also", sagte er, hob sie hoch und trug sie zum Bett. „Lass uns mal sehen, was für eine Schlafmütze ich dir anbieten kann."

Er zog sie aus und schlang ihre Beine, ohne zu warten, um seine Hüften und stieß in sie. Sie liebten sich langsam, wollten den Zauber dieser warmen Sommernacht nicht brechen, und schliefen danach eng umschlungen ein.

BAY BERÜHRTE ZÄRTLICH TOMS SCHULTER. „Tom? Babe?"

Tom zwinkerte und öffnete dann die Augen und sah sie am Bett stehen und grinsend auf ihren Bauch deutend. „Es ist soweit."

Sie riefen Kym und Roman, damit sie auf die Kinder aufpassten, während Tom seine Frau ins Krankenhaus fuhr. Während sie im Auto plauderten, bemerkte keiner von beiden den heruntergekommenen Camaro, der ihnen folgte.

Tom hatte darauf bestanden, das beste Geburtszimmer im teuersten Krankenhaus der Stadt zu buchen, und Bay hatte ihm seinen Willen gelassen. Die Schwestern begrüßten sie wie alte Freunde – nachdem Esme und Milly geboren waren, hatte Tom der Geburtsstation eine große Summe Geld gestiftet, erleichtert darüber, dass die Geburt so glatt verkaufen war. Sie waren, seit Bay angeschossen worden war, besorgt gewesen, dass sie nicht in der Lage wäre, ein Baby vollständig auszutragen, aber jetzt, als sie auf die Geburt ihres Sohnes warteten, hatte Bay erneut bewiesen, dass sie nicht kleinzukriegen war.

Als die Schwestern die Tests durchführten und der Arzt sie untersuchte, strich Tom ihr die Haare aus dem Gesicht. Die Wehen waren schmerzhaft, aber Bay hatte gelernt ihre Atmung zu kontrollieren. Sie klammerte ihre Hand fest um seine, wenn eine Wehe kam.

„Auuu, auu, auuu", grinste sie, als sich ihre Muskeln verkrampften und ihr Muttermund sich öffnete.

„Warum nochmal wollten wir ein Weiteres haben?"

Tom küsste ihre Stirn. „Weil wir Masochisten sind."

„Oh ja, richtig, das war es ... oh gut, wieder eine vorbei." Bay atmete erleichtert auf und entspannte sich in den Kissen. Sie schien keinerlei Probleme mit den ganzen Leuten zu haben, die ihren nackten Schoß untersuchten. Der Arzt sah auf.

„Der Muttermund ist halb geöffnet", sagte er. „Halte durch. Willst du eine Schmerzpille?"

Bay schüttelte ihren Kopf. „Wie er schon sagte, wir sind Masochisten."

Die Stunden vergingen und am Morgen rief Tom Kym an und brachte sie auf den neusten Stand und sprach mit den Mädchen. Bay lag auf dem Bett und versuchte es sich so bequem wie möglich zu machen. Sie schloss ihre Augen in dem Wissen, dass sie keinen Schlaf finden würde, da die Wehen immer schneller nacheinander kamen, aber sie versuchte sich zu entspannen. Tief Luft zu holen half unglaublich und als sie sich darauf konzentrierte, hörte und sah sie nicht die Person, die mit einer Maske und Krankenhaussachen bekleidet in ihren Raum schlüpfte.

STUART LAWSON STARRTE auf die Frau, von der er so besessen war, auf die er vor so vielen Jahren eiskalt geschossen hatte. Bay war mit den Jahren nur noch lieblicher geworden und sogar die Schwangerschaft stand ihr gut.

Es war eine Schande, dass er sie jetzt umbringen musste. Er grinste hinter der Maske. *Wem machst du hier etwas vor? Du hast von diesem Moment geträumt ...*

Er nahm ein Skalpell, das er aus einem Vorratsschrank gestohlen hatte, und zog es aus der Tasche. Er zögerte, da er nicht sicher war ob er sie erstechen, ihre Kehle durchschneiden oder quer über ihren runden Bauch schneiden sollte. Zum ersten Mal in seinem Leben wurde Stu bewusst, dass er ein ungeborenes Kind umbringen würde ... und das ließ ihn innehalten.

Eine weitere Schwester kam in das Zimmer und begann mit ihm zu plaudern. Bay öffnete ihre Augen und Stu drehte sich weg und verließ das Zimmer, so schnell er konnte. *Verdammt.*

Aber er war auch irgendwie erleichtert. Er wollte das Kind nicht töten. Bay, ja, er könnte sie mit großer Freude immer wieder umbringen, aber ein Baby?

Nein. Er würde warten, bis das Kind auf der Welt war. Sie würde hier sein, unbewacht für zumindest ein paar Tage nach der Geburt.

STU ZOG SICH WIEDER UM, steckte die Krankenhaussachen in seinen Rucksack und ging hinaus. Als er eine Zigarette anzündete, zog er sein Handy heraus und rief die eine Nummer an, die abgespeichert war.

Bartholomew Foy antwortete kurz angebunden. „Ist sie tot?"

Stu fühlte sich auf den Fuß getreten. „Nein. Ich konnte es nicht tun mit dem Kind in ihr."

„Sentimentaler Narr. Wir hatten uns darauf geeinigt, dass du Ms. Tambe umbringst als Warnung für Sailor und Creed und als Dankeschön dafür, dass wir dich aus dem Gefängnis geholt haben, Mr. Lawson."

„Und ich *werde* sie auch umbringen, das schwöre ich. Nur ... das Kind hat nichts mit mir zu tun."

Bart seufzte. „Hast du denn nicht daran gedacht, dass wenn du sie beide tötest, der Effekt noch größer sein würde?"

„Ich verstehe nicht, woher Sailor wissen soll, dass du es bist, warum sie überhaupt mit Bay in Verbindung steht."

„Meine Quellen haben mir berichtet, dass die beiden jetzt befreundet sind. Sailor ist sehr sensibel ... wenn Bay Tempe stirbt, dann wird es sie aus ihrem Versteck herauslocken."

Stu seufzte. Er konnte nicht widersprechen. Er hatte keine Ahnung, woher Bart Foy von ihm wusste oder warum er ihm half. Es war irgendwie seltsam ... aber vielleicht genoss Foy es einfach, Frauen umzubringen. Das konnte er verstehen. „Schön. Aber nachdem Bay das Kind zur Welt gebracht hat. Willst du, dass ich Sailor für dich umbringe?"

„Nein. Sailor gehört mir." Barts Stimme wurde so düster, dass Stu bei dem Klang fröstelte. Er wollte nicht in Sailors Schuhen stecken, wenn Bart sie erwischte. „Du kümmerst dich im Moment nur darum, dass Bay Tampe am Ende dieser Woche tot ist." Er legte auf und Stu seufzte und warf einen Blick auf das Krankenhaus, bevor er zu dem Auto zurücktrottete, das Bart für ihn geleast hatte.

. . .

Buddy Tomas Meir wurde am nächsten Morgen um 11 Uhr dreißig geboren. Eine Stunde später, als sie allein waren und ihren Sohn in den Armen hielten, sah Bay mit Tränen in den Augen grinsend zu Tom auf. „Er sieht aus wie du."

Tom, der auch den Tränen nahe war, küsste sie und dem Baby auf die Stirn. „Armes Kind."

Buddy bewegte sich etwas und gähnte dann. Bay lachte. „Ja, definitiv du – das war dein patentiertes 'nach-dem Essen-Gähnen'"

Tom lachte und lehnte seinen Kopf an den seiner Frau. „Du hast es wieder einmal getan Baijayanthi Tambe Meir. Du hast mir die Welt geschenkt. Ich liebe dich."

Sie lächelte und presste ihre Lippen auf seine. „Ich dich auch. Oh, warte mal, ich glaube, er ist hungrig."

Buddy nuckelte an ihrer Brust und als Bay ihm den Nippel hinhielt, nahm er ihn und begann sanft zu saugen und ließ seine Mutter dabei nicht aus den Augen. Tom streichelte Bay über die Haare und sie lehnte sich in seine Berührung. „Hast du mit den Mädchen gesprochen?"

Tom nickte. „Sie sind so aufgeregt. Ich habe ihnen ein Foto von Buddy geschickt und sie haben sich sofort in ihn verliebt. Kym sagt, dass sie mit ihnen vorbeikommt, wenn du dich etwas ausgeruht hast. Ich glaube, sie hat es schon der ganzen Welt erzählt, ich bekomme so viele Nachrichten. Sailor hat aus Italien angerufen und dir liebe Grüße geschickt."

„Liebes Mädchen." Bay zuckte ein wenig zusammen, als Buddy heftig an ihrem Nippel sog. „Ich hatte fast vergessen, wie seltsam sich das anfühlt."

Tom grinste sie schelmisch an und sie brach in Lachen aus. „Du mit deinen schmutzigen Gedanken. Glaub mir, wenn du an ihnen saugst, fühlt sich das *komplett* anders an."

„Ich weiß, wie süß sie schmecken." Er küsste sie sanft. „Gott, ich liebe dich."

„Und ich liebe dich, Tomas Meir. Wir haben es tatsächlich geschafft, hm?"

Sie sah nicht den besorgten Ausdruck in seinen Augen und war bald eingeschlafen, das Baby satt und zufrieden. Während Tom sie streichelte, schlief sie entspannt und unglaublich glücklich mit ihrem wunderschönen Sohn in ihren Armen.

Tom wartete, bis Bay eingeschlafen war und schlüpfte dann aus dem Zimmer. Er rief Roman an und fragte, ob Kym mit im Zimmer war. Als Roman nein sagte, seufzte Tom. „Hör zu ... Ich werde Bays Schutz erhöhen. Wir sind hier im Krankenhaus sicher, ich glaube, sie haben ein ziemlich gutes Sicherheitssystem, aber wenn wir Buddy nach Hause bringen ... Jesus, Roman, warum muss das ausgerechnet jetzt passieren? Hast du irgendetwas von Lawson gehört?"

„Nein, tut mir leid Tom, meine Detektive haben nichts herausgefunden. Es ist, als wäre er vom Angesicht der Erde verschwunden." Roman seufzte. „Hast du es Bay gesagt?"

„Nein, und ich will auch nicht, dass sie sich im Moment aufregt."

„Tom, ich bin mir nicht sicher, ob das die richtige Entscheidung ist. Bay ist eine starke Frau, wenn sie herausfindet, dass Stu draußen ist und du es gewusst hast ... eines geht mir durch den Kopf. Ich glaube, er hatte Hilfe von außerhalb."

Das weckte Toms Aufmerksamkeit. „Was?"

„Ich weiß es nicht, es ist nur, dass Lawson nicht der Schlaueste ist – es ist ziemlich schwer für jemanden wie ihn, so ganz ohne Hilfe zu verschwinden."

„Wer zur Hölle würde das Arschloch unterstützen? Er hatte niemanden außer Kym damals und sie würde ihm wohl kaum zur Seite stehen."

Roman schwieg einen Moment. „Hast du die Briefe gelesen?"

„Aus Lawsons Zelle? Ja. Ich wünschte wirklich, ich hätte es nicht – sein Blutdurst nach meiner Frau ist es, der mich nachts wach hält. Für jemanden, der so unterbelichtet ist wie Lawson, hat er mit Sicherheit eine unglaubliche Fantasie, wenn es darum geht, auf welche Art und Weise er meine Frau umbringen will. Gott, mir wird schon schlecht, wenn ich es nur ausspreche."

„Er wird nicht an sie herankommen, Tom. Das schwöre ich."

„Beschütze mein Mädchen, ja?"

„Das steht vollkommen außer Frage. Konzentriere dich auf Bay und Buddy, wir kümmern uns um den Rest."

SAILOR ZITTERTE SO SEHR, dass Bodhi ihre Hand nehmen musste. Er lächelte zu ihr herab, als sie beobachteten, wie das kleine Auto die gewundene Straße zum Farmhaus heraufkam und dabei eine Staubwolke hinter sich her zog.

„Baby, das ist nur meine Mutter, nicht der Sensenmann."

Sailor beruhigte das überhaupt nicht. „Was ist, wenn sie mich auf den ersten Blick hasst? Oder noch schlimmer, was ist, wenn sie Tim hasst? Was ist, wenn sie denkt, dass ich euch beide nur ausnutze?"

Bodhi verdrehte die Augen. „Das wird sie nicht und weißt du auch warum? Weil du das nicht tust. Sie kann die Wahrheit erkennen, ich schwöre es. Und Tim hassen ... er ist mein Sohn. Ich garantiere dir, dass der halbe Kofferraum voller Geschenke für ihn ist. Sie liebt mich und sie wird auch meine Familie lieben."

Sailor wurde rot, grummelte aber immer noch. „Mamas Junge."

Bodhi lachte, als er sie aus dem kleinen Versteck in den

Garten führte, um seine Mutter zu begrüßen. „Darauf kannst du wetten."

Vittoria Creed stieg aus dem Auto und Sailor entspannte sich sofort. Eine kleine Frau, schmal, mit kurzem, modisch geschnittenen, weißen Haaren und einer Brille auf ihrer Nase, mit einem freundlichem Gesicht und einem Lächeln auf den Lippen. Vittoria umarmte ihren Sohn und lächelte ihren Enkelsohn an, als er ihr schüchtern aber ernst die Hand schüttelte. Sie drehte sich zu ihrem Auto um und pfiff und ein großer Hund sprang heraus und auf sie zu. Er war so groß, dass Tim einen Schritt zurück machte, aber der Hund schnüffelte an ihm und leckte ihm über das Gesicht und Tim musste lachen.

„Mutter, das ist Sailor, Sailor, meine Mutter Vittoria."

Sailor sah, wie die Frau sie mit den Gleichen grünen Augen abschätzend ansah, die sie auch ihrem Sohn vererbt hatte. Sailor hielt mit klopfendem Herzen ihren Blick stand. „Es ist schön, dich kennenzulernen", sagte sie in gebrochenem Italienisch und Vittoria lächelte und küsste Sailor auf die Wangen.

„Süße, ich spreche englisch, aber danke für den Versuch. Ich weiß es zu schätzen."

Vittoria wandte sich Claudio und Soleil zu, die abwartend dastanden. „Und ihr zwei ... immer noch Ärger. Soleil, du wirst jeden Tag schöner. Claudio, du hast dich geduscht. Das ist ein Fortschritt."

Alle lachten und Claudio scheuchte alle ins Haus. In der Küche hatte der Koch ein großes Frühstücksbuffet aufgebaut und bald plauderten alle fröhlich durcheinander und griffen beherzt zu.

Sailor genoss es, diese verrückte italienische Familie zu beobachten. Vittoria drückte ihren Arm auf dem Weg zum Buffet und Sailor lächelte erleichtert darüber, dass die Frau sie nicht gleich abgelehnt hatte. Sie wusste, dass Vittoria mit ihr allein reden wollen würde, und war deshalb nicht überrascht, als Vittoria sie nach dem Frühstück bat mit ihr im Olivenhain spazieren zu gehen. Bodhi wollte sich einmischen und warf seiner Mutter einen warnenden Blick zu, aber Sailor stimmte freiwillig zu.

Und natürlich musste die Frage kommen. „Also Sailor, verstehe ich das richtig, dass du für Bodhis Agenten gearbeitet hast?"

Sailor nickte. „Vittoria, ich weiß, was Sie denken müssen, und deshalb bin ich mehr als bereit Ihnen alles zu erzählen, was Sie wissen möchten, um Ihnen zu beweisen, dass mich Bodhis Status oder Berühmtheit nicht ein bisschen interessiert. Und schon gar nicht sein Geld. Ich liebe Ihren Sohn, komplett, total. Ich würde auch unter einer Brücke mit ihm leben."

Vittoria nickte. „Sailor ... du denkst wahrscheinlich, dass ich eine alte Dame bin, die sich einmischt, aber ich möchte, dass du eines weißt. Bodhi hatte seine Dämonen, als er jünger war. Er hat den Tod seines Vaters nie verwunden. Weißt du davon?"

Sailor nickte. Im Bett, in der Zeit, wo sie sich nicht besinnungslos vögelten, sprachen sie miteinander. So wie Bodhi über seinen Vater sprach, tat Sailor das Herz weh. „Ich wünschte, ich hätte ihn gekannt."

„Du bist ein liebes Mädchen." Vittoria tätschelte ihre Hand. „Bodhi ... es ging abwärts mit ihm und ich gebe mir daran die Schuld, weil ich ihn verlasen habe und ohne ihn wieder nach Italien gegangen bin. Es war mein Fehler und deshalb bin ich jetzt wahrscheinlich besonders wachsam." Sie lächelte weich. „Er mag zwar fast vierzig sein, aber er ist immer noch mein kleiner Junge."

„Vittoria, ich schwöre Ihnen, dass ich Bodhi niemals wehtun werde. Ich könnte das gar nicht. Er hat mir ein Leben geschenkt, von dem ich niemals zu träumen gewagt hätte, und ich versuche jeden Tag das wiedergutzumachen."

Vittoria blieb stehen und musterte sie einen Moment lang.

„Ich glaube dir, Sailor King. Es ist in deinen Augen. Du liebst ihn."

„Ja."

Vittoria ging weiter. „Bodhi hat mir von deiner Situation erzählt, wo du aufgewachsenen bist. Es war sehr mutig, von dort wegzulaufen."

Sailor erwiderte darauf nichts. Vittoria sah sie an. „Das war keine Kritik, Sailor. Ich kann mir die Alpträume gar nicht vorstellen, die du hinter dir hast."

„Aber ich denke, ich weiß, dass Sie denken, dass ich mich aus diesem Grund an Bodhi herangemacht habe."

„Ist das so?" In der Stimme von Vittoria lag keinerlei Vorwurf und Sailor wusste, dass sie komplett offen gegenüber der älteren Frau sein konnte.

„Ich weiß, dass manche Menschen ihn benutzen würden, um ihre Situation zu verbessern. Ich gehöre *nicht* zu diesen Menschen."

„Gut. Ich mag dich, Sailor King, ich kann dir gegenüber offen sein. Nichts von diesem unsinnigen 'das verletzt meine Gefühle' Mist. Du bist genauso direkt wie ich."

Sailor freute sich über die Zustimmung in Vittorias Stimme. „Mochtest du Gemma?"

Sie wusste, dass es verwegen war, die Mutter über die Exfreundin auszufragen, aber Sailor wollte wissen, was für eine Art Frau Gemma war. Vittioria lächelte sie verschwörerisch an und seufzte.

„Gemma war komplett anders als du, Sailor. Sehr elegant und verwöhnt. Hibbelig wie ein Rennpferd." Vittoria lächelte Sailor an. „Ich denke, du bist mehr wie ich. Ein Wildfang ... ist das das richtige Wort?"

Sailor grinste und nickte. „Das ist es und ja, das klingt nach mir. Ich bin aber nicht halb so elegant wie Sie."

Vittoria lachte. „Glaub mir, normalerweise bin ich mit Farbe und Pastelstaub bedeckt und meine Haare stehen nach allen Seiten. Frag Claudio. Magst du ihn?"

„Er ist nett ... ein bisschen still. Ich habe zuerst Soleil kennengelernt und dachte, er wäre so extrovertiert wie sie, aber das ist er nicht."

Vittoria schüttelte ihren Kopf. „Claudio macht im Moment etwas Herzschmerz durch. Seine Freundin, Giovanna hat ihn verlassen, kurz bevor er ihr einen Antrag machen wollte. Sie hatte eine Affäre. Er ist also im Moment etwas angeschlagen. Aber ja, er war nie so gesellig wie Soleil, das liebe Mädchen. Ihr seid Freunde, ja?"

Sailor nickte. „Ich bin verrückt nach ihr, sie tut mir und Bodhi im Moment einen riesigen Gefallen, indem sie in der Öffentlichkeit seine Freundin spielt."

Vittoria nickte. „Sie ist ein gutes Mädchen ... ich habe Claudio und Soleil immer als meine Kinder betrachtet und Soleil und ich ... wir haben etwas gemeinsam." Sie sah Sailor bedeutungsvoll an und bei Sailor machte es eine Sekunde später klick.

„Wirklich?"

Vittoria lachte. „Wirklich. Ich habe mich gar nicht gekannt, bis Bodhis Vater gestorben ist. In den letzten zwei Jahren bin ich sehr glücklich mit einer wundervollen Frau namens Christina."

„Weiß Bodhi davon?"

Vittoria schüttelte ihren Kopf. „Ich warte auf den richtigen Moment. Wie schon gesagt, Bodhi stand seinem Vater sehr nah."

Sailor dachte einen Augenblick lang nach. „So wie ich Bodhi kenne, wäre er wahrscheinlich einfach glücklich, dass Sie glücklich sind."

„Meinst du?"

Sailor nickte. „Aber das geht mich nichts an."

Vittoria umarmte sie. „Du bist jetzt ein Teil dieser Familie,

Sailor. Es geht dich etwas an und danke, dass du mich so unterstützt."

Sailor grinste. „Und wenn Bodhi wütend darüber wird, dann werde ich ihm in den Hintern treten."

Vittoria lachte. „Das ist mein Mädchen. Wollen wir wieder zu den anderen zurückgehen?"

VITTORIA VERBRACHTE den Rest des Nachmittags mit ihrem Enkelsohn, der sich sehr zu ihr hingezogen fühlte und sich schon in ihren großen Hund namens Tag verliebt hatte.

„Er ist ein Leonberger gemischt mit einem Bernhardiner", sagte Vittoria zu Tim. Der Hund war so groß wie der Zehnjährige und Bodhi rollte mit den Augen.

„Reitest du ihn ab und zu, Mom? Er ist riesig. Wie zur Hölle kontrollierst du ihn?"

„Meistens durch Bestechung", gab sie zurück, sehr zum Amüsement der anderen. „Es hat bei dir als Kind auch funktioniert."

„Das ist wahr", grinste Bodhi und Tim lachte über den Gesichtsausdruck seines Vaters. Bodhi wuschelte ihm durch die Haare und Tim umarmte seinen Vater fest. Sailor kamen die Tränen, als sie die Freude in Bodhis Augen sah. Seine Beziehung zu Tim war wirklich aufgeblüht.

Eine Weile später, während Tim seiner Großmutter Geschichten aus der Schule erzählte, zog Bodhi Sailor auf seinen Schoß und küsste sie. „Hat meine Mutter dich verhört?" Sailor grinste. „Ja. Ich glaube, ich habe bestanden, denn danach haben wir uns gegen dich verschworen."

Bodhi lachte. „Dann würde ich sagen, du hast einen guten Eindruck gemacht. Was meinst du?"

„Ich liebe sie. Und das sage ich nicht einfach so, das tue ich wirklich."

Bodhi küsste sie erneut. „Ich liebe *dich*, Sailor King."

„Hier ihr zwei." Vittoria kam mit Tim an der Hand herüber. „Wir haben eine Idee. Solly und Claudio kommen mit mir nach Florenz für ein paar Tage ... und Tim hat gefragt, ob er auch mitdarf, was euch beiden etwas Zeit für euch allein geben würde?"

Tim nickte und Bodhi grinste. „Bist du sicher, Kleiner?"

Tim nickte. „Oh ja, das wird lustig. Und Großmutter hat gesagt, dass Tag in meinem Bett schlafen darf." Er sah unglaublich aufgeregt dabei aus. Bodhi nickte.

„Na dann. Danke Mama, wir können die Zeit brauchen."

Sailor fühlte sich, als ob sie am ganzen Körper rot wurde. Sie wusste genau, wie sie ihre Zeit verbringen würden, und angesichts des Grinsens auf Sollys und Claudios Gesichtern, wussten die beiden es auch.

AM NÄCHSTEN MORGEN umarmte Tim seinen Vater und Sailor zum Abschied. „Ich sehe dich in ein paar Tagen, Kumpel."

Tim umarmte seinen Vater fest. „Ich liebe dich, Dad."

Bodhi konnte die Tränen nicht mehr zurückhalten. „Ich liebe dich auch, Timbo."

Sailor lächelte zu ihm auf und winkte den anderen. „Heulsuse."

Bodhi lachte und wischte sich über die feuchten Wangen. „Ja, das kann ich nicht abstreiten."

Sie winkten, bis das Auto außer Sichtweite war, und dann warf Bodhi Sailor ohne Vorwarnung über die Schulter und trug sie unter ihrem schrillen Gelächter in ihre kleine Hütte. Er warf sie auf das Bett und als sie kicherte, zog er ihr Shirt hoch und küsste sie auf ihren Bauch.

„Oh du alberner Mann." Sailor war atemlos, als Bodhi auf sie kletterte. Sein Kuss war tief und rau und sie vergrub ihre

Finger in seinen Locken, als er den Reißverschluss ihrer Jeans öffnete und sie nach unten schob.

„Zuerst einmal werde ich dich ordentlich ficken Sailormädchen, dann werden wir den ganzen Tag und die ganze Nacht lang spielen. Ich hoffe, du hast genug Energie." Seine Hand war in ihrer Unterhose und streichelte ihre Klit und erkundete, wie nass sie für ihn war.

Sailor warf ihre Jeans beiseite und schlang ihre Beine um seine Hüften und befreite mit ihren Händen seinen Schwanz aus seiner Unterhose und dann war er in ihr, stieß heftig zu und ihre Fingernägel gruben sich fast schmerzhaft fest in seinen Hintern.

Bodhi hielt ihre Hände über ihren Kopf, während sie fickten, seine Augen waren fest auf ihre gerichtet.

„Sailor, meine Liebe?"

„Ja, Baby?"

„Was hältst du davon, dass ich dich fessele?"

Sailor grinste. „Du? Ich denke, das wäre ganz ... nett."

Bodhi lachte und kam aus dem Rhythmus und sie mussten sich konzentrieren, um ihn wiederzufinden. Sailor schloss ihre Beine fester um seine Hüfte. „Was immer du mit mir machen willst, tu es ... was auch immer es ist, Bodhi. Ich vertraue dir."

„Ich würde dir niemals wehtun, das weißt du doch, oder?" Er sah sie ernst an.

Sailor nickte und fühlte den Orgasmus herannahen. „Ich weiß ... ich sage nur ... wenn du es etwas derber willst, dann bin ich dabei. Mit dir."

Bodhi grinste und stieß seinen Schwanz noch tiefer in sie und sie kam, nach Luft schnappend und schauernd, während sie immer wieder seinen Namen sagte. Sein Höhepunkt folgte ihrem und er stöhnte, als er seinen Samen tief in sie spritzte. Nebeneinanderliegend und Händchen haltend versuchten sie wieder zu Atem zu kommen. Der Tag war warm, aber eine angenehme Brise wehte durch die geöffneten Rollläden. Draußen war es still und man hörte nur das Rauschen der Blätter in den Bäumen.

„Das ist der Himmel", hauchte Sailor. Bodhi lächelte sie an.

„Du bist der Himmel, Miss King. Und jetzt werde ich jeden Zentimeter deines wunderschönen Körpers küssen und dann werden wir etwas Perverses tun. Denk daran, wenn es dir unangenehm ist oder du Angst bekommst, dann sag es einfach und wir hören auf."

Sie zog sein Gesicht nach unten und küsste ihn. „Nimm mich, Bodhi Creed."

Er bedeckte ihren Körper mit Küssen auf ihren Mund, ihre Kehle, saugte an ihren Nippeln, wanderte mit seiner Zunge über ihren Bauch und um ihren Nabel. Sailor zitterte vor Erregung, ihr Bauch bebte unter seinem Mund. Bodhi, der spürte, dass sie es genoss, fuhr mit den Küssen fort und sein Daumen strich über ihren Nabel bis sie ihm sagte, dass er aufhören sollte, denn sie war so erregt, dass sie es fast nicht mehr aushielt, und als seine Zähne über ihre Klit strichen, kam sie sofort. Er kam wieder nach oben, um ihren Mund zu küssen und grinste auf sie herab.

„So, du hast also einen sehr empfindlichen Bauch, Miss King ... und jetzt fangen wir mit meinem Spiel an und du wirst meinen Namen bis spät in die Nacht schreien. Bleib einfach hier liegen, während ich alles hole, was ich brauche."

Sailor war sich sicher, dass sie schon allein beim Klang seiner seidigen, dunklen Stimme kommen würde, aber sie wartete, beobachtete wie er im Wohnzimmer umherging und einsammelte, was er brauchte. „Vergiss nicht, dass ich ein paar spezielle Dinge mitgebracht habe. Sie sind in meiner Tasche", sagte sie und stützte sich auf ihre Ellbogen, um ihn besser zu sehen. Bodhi machte eine witzige Geste mit der Hand und sie lachte und sah gespannt in sein Gesicht, als er die Papiertüte aus der Tasche nahm, in der sie das Spielzeug versteckt hatte. Seine Augen wurden groß, als er sie sah, Gleitmittel, ein langer dicker Dildo, ein Strap-on – er grinste und nickte, sehr zu Sailors Erleichterung – Seidenbänder, ein Seil, ein Vibrator.

„Ich hoffe, du findest das nicht zu langweilig", sagte sie, als er alles zum Bett brachte und darauf verteilte. „Ich habe wirklich keine Ahnung, aber die Frau im Laden hat mir geholfen. Und die Unterhaltung war auch nicht ein *bisschen* peinlich", sagte sie ironisch und Bodhi lachte und beugte sich nach vorn um sie zu küssen.

„Also ich denke, du hast das großartig gemacht ... ich werde es mit Sicherheit genießen, das alles an dir auszuprobieren ... und dich es an mir ausprobieren zu lassen ... *alles.*"

„Wirklich?"

„Wirklich. Du hast gesagt, du willst alles mit mir ausprobieren und mir geht es genauso."

„Sogar den ..." Sie berührte den Strap-On und er nickte.

„Wie ist es mit dir ... wie wäre es mit Analsex?"

Sailor rollte sich auf den Bauch und grinste. „Wie ich schon sagte ... alles."

Bodhi knurrte. „Gott, du bist purer Sex, Sailor King. Du weißt, dass ich jetzt deinen Arsch ficken muss, bevor ich irgendetwas anderes tue? Schau dir das an." Er deutete auf seinen erigierten Schwanz. „Allein der Gedanke daran ..."

Sailor spreizte ihre Beine und Bodhi kletterte auf sie und zog ihre Pobacken auseinander, nahm das Gleitmittel und sie spürte, wie er es auf und in ihr verteilte, bevor sein Schwanz an ihrem Eingang pochte und sanft hineinglitt. Sie keuchte und sah Sterne, als er ihren Hintern so sanft wie möglich fickte und seine Finger in ihren Hüften krallte.

„Himmel, du bist sensationell", japste er und streichelte ihre Klit und Sailor stöhnte lustvoll, bevor sie spürte, dass er in ihr kam, sein Mund auf ihrer Schulter und ihren Namen stöhnend.

„Ich liebe dich, ich liebe dich", stöhnte er und beide brachen schwer atmend zusammen.

Danach duschten sie zusammen, holten Essen aus der Küche und machten ein Picknick auf dem Bett. Sailor, die kein Problem damit hatte, nackt bei ihm zu sein, betrachte die Gegenstände, die er zu ihrem Spielplatz gebracht hatte. Eine lange Feder, ein Pinsel – sie grinste darüber – und ein Glas Honig. Sie hob das kleine Glas hoch und lächelte. "Ich mag das hier."

„Ich werde es auf deinen weichen Bauch tropfen lassen und in deinen Nabel und es ablecken, während ich dich mit dem Dildo ficke", sagte Bodhi grinsend. „Und währenddessen bist du gefesselt, damit du nicht weglaufen kannst."

Sailor stöhnte voller Verlangen und Bodhi gluckste und seine tiefe Stimme war voller Sehnsucht nach ihr. „Dann werden wir sehen, ob du die Gerte magst."

Sailor rutschte erwartungsvoll hin und her und bald darauf band Bodhi ihre Handgelenke an die Bettpfosten, küsste die weiche Innenseite, bevor er die Seidenbänder darum wickelte. Er lächelte auf sie herab und sah, wie ihre Augen vor Aufregung funkelten. Als er sie spreizte, war Sailor vollkommen hilflos, und er tröpfelte den Honig zwischen ihre Brüste und sah zu, wie er zu ihrem Bauch herunterlief, ihren Nabel füllte und dann war sein Mund auf ihr. Er hörte, wie sie erregt quietschte, als seine Zunge tief in ihren Nabel eintauchte und er drückte ihre Beine auseinander, streichelte ihre Klit, fühlte, wie geschwollen und nass ihre Muschi war und wie sie unter seiner Berührung erzitterte. Er schob langsam den Dildo in sie und begann sie zu ficken, während Sailor stöhnte und sich wand, ihre Handgelenke gebunden, ihr Körper sich aufbäumend, als sie nach Luft schnappte. Bodhi lächelte und fuhr damit fort, ihren Bauch zu reizen.

Bald bäumte Sailor sich auf und schrie seinen Namen, als sie kam, und Bodhi stieß seinen Schwanz tief in sie und bewunderte, wie ihre Brüste wogten, als sie sich im Gleichklang bewegten, und wie sich ihr Bauch bei ihren Atemzügen hob und senkte. Er erreichte seinen Höhepunkt, zog sich aus ihr zurück und kam auf ihrem Bauch in dicken, cremigen Spritzern.

Er hielt sie unter sich und nahm die Gerte, und sie nickte begierig. Er schlug damit einmal auf ihren Bauch und sie stöhnte. „Fester Baby, fester ..."

Er brauchte sie nur zweimal zu schlagen, bevor sie wieder kam, und als sie sich beruhigt hatte, löste er vorsichtig die Fesseln an ihren Handgelenken und zog sie an sich.

„Ich liebe dich, Kleines", flüsterte er und küsste sie. „War das okay?"

Sie schnappte nach Luft. „Es war wild", sagte sie. Er streichelte über ihren Körper.

„Tut es weh?"

Sailor schüttelte den Kopf. „Nicht, wenn du meine Vagina nicht dazu zählst, die von den festen Stößen deines riesigen Schwanzes wehtut."

Bodhi lachte. „Ich mag, es wenn du so schmutzig redest."

Sailor grinste. „Dieser Mund wird sich gleich um deine Anakonda legen."

Bodhi kitzelte sie. „Böses Mädchen, böses, böses Mädchen."

Sailor rollte ihn auf den Rücken. „Vielleicht, Mr. Creed, aber jetzt werde ich die Kontrolle übernehmen."

Und sie glitt nach unten, bis sie seinen Schwanz in ihren Mund nehmen konnte.

KAPITEL ACHT

Bay deckte ihren neugeborenen Sohn zu. Buddy aß so gut, dass die Ärzte sagten, sie könne ihn am Morgen mit nach Hause nehmen, und Bay war erleichtert. Seit sie angeschossen worden war, hatte sie genug von Krankenhäusern. Monatelange Untersuchungen und Behandlungen. *Wenn wir noch ein Kind haben,* dachte sie, *dann bestehe ich auf eine Hausgeburt.* Sie bückte sich und küsste den weichen Kopf ihres Kindes.

„Ich liebe dich, Buddylein. Schlaf gut."

Sie starrte auf ihn herab und konnte sich gar nicht sattsehen. Als sie die Mädchen hatten, war alles so turbulent gewesen, dass sie die Zeit gar nicht genießen konnte. Jetzt, wo Tom mit Esme und Milly zu Hause war – die ihm wahrscheinlich auf der Nase herumtanzten – konnte Bay die stillen Stunden mit ihrem Sohn genießen. Sie schaute auf die Uhr. 3 Uhr morgens. Ihr machten die Fütterungen in der Mitte der Nacht nichts aus, sie genoss die Ruhe im Krankenhaus und den Blick über Seattle bei Nacht. Sie schaute auf die Stadt hinaus, zu der Spitze des Hochhauses und kniff die Augen zusammen, um die Umrisse von Rainier im Dunkeln sehen zu können. Sie hörte, wie sich die Tür hinter ihr öffnete und drehte sich um. Ein Krankenpfleger kam herein, um ihr Chart abzuholen. Bay, deren Gedanken noch voll und ganz bei dem Baby waren, wunderte das nicht. Sie war so daran gewöhnt, dass die ganze Zeit Menschen ein und aus gingen.

„Hi. Ruhige Nacht?"

Der Mann sagte nichts und Bay runzelte die Stirn. Sie versuchte es erneut. „Hey ..."

Sie berührte den Arm des Pflegers und er wirbelte herum und Bay blickte in *seine* Augen.

Und erkannte sie sofort. Ihr Herz setzte fast aus und sie war sich über eines im Klaren.

Sie es nicht zulassen würde, dass Stu Lawson ihr Kind verletzte. Sie warf sich über Buddys Krippe, aber Stu griff ihre Haare und zerrte sie zurück, wobei er sie durch den ganzen Raum schleuderte. Bay hatte kaum Zeit, ihren Mund zu öffnen und zu schreien, bevor Stu bei ihr war und mit einem Skalpell auf sie einstach. Bay trat nach ihm und ignorierte die Klinge des Skalpells, die in ihren Oberschenkel schnitt, als Stu sein Gleichgewicht verlor. Bay schrie nach Hilfe, als Stu zur Krippe sprang. Bay brüllte wie ein Löwe und warf sich auf ihn und versuchte ihn zu kratzen. Stu drückte sie an die Wand, als zwei große Wachmänner hereinkamen und ihn ergriffen, von Bay wegzogen und in den Flur hinauszerrten. Bay ging sofort zu ihrem weinenden Sohn und nahm ihn schwer atmend in die Arme und untersuchte ihn auf etwaige Wunden. Blut war auf seine Decke gespritzt, aber er schien Gott sei Dank in Ordnung zu sein. Eine ganze Armee von Ärzten und Krankenschwestern kam herein und einer trat mit bleichem Gesicht nach vorn.

„Schwester Edwards, bitte nehmen Sie Mrs. Meirs Sohn und stellen sie sicher, dass es ihm gut geht."

Bay schüttelte ihren Kopf. „Nein, es geht ihm gut, er ist okay."

Der Arzt nickte der Krankenschwester zu, die zu ihr kam,

um Buddy zu nehmen, aber Bay schüttelte erneut ihren Kopf. „Nein, er bleibt bei mir. Es geht ihm gut."

Der Arzt trat auf sie zu. „Bay, Liebes, Buddy mag okay sein, aber du bist es *nicht*. Süße, im Moment strömt Adrenalin durch deine Adern. Wenn es weggeht, was jede Sekunde passieren wird, dann wirst du anfangen Schmerzen zu fühlen. Eine Menge Schmerzen. Und wenn das passiert, dann kann es sein, dass du ohnmächtig wirst und ich möchte nicht, dass du dann Buddy im Arm hast. Bitte. Gib ihn Schwester Edwards."

Bay starrte ihn an und jetzt, wo der Angriff vorbei war, fühlte sie so etwas wie Schmerzen durch ihren Körper fluten. Sie gab der Schwester ihren Sohn und sah dann an sich herab. Ihr Nachthemd war voller Blut, das von verschiedenen Schnitten an ihrem gesamten Körper herstammte. Was ihr aber am meisten auffiel, war das Blut, das von ihrem Oberschenkel herabrann.

Verdammt. Das war tief. Das dicke, dunkle Blut lief ihr Bein hinab und bildete dort, wo sie stand, eine Pfütze. Blut aus einer Arterie. *Oh nein, nein …* Bay fühlte sich plötzlich benommen und der Arzt fing sie auf, als sie in Ohnmacht fiel.

Der Arzt und die Schwestern brachten Bay in ihr Bett und der Arzt untersuchte sie. „Mist. Sie hat eine tiefen Schnitt am rechten Oberschenkel. Wahrscheinlich ist die Arterie im Oberschenkel gerissen. Lasst sie uns in den OP bringen, bevor sie verblutet. Und irgendjemand sollte Tomas Meir und die Polizei anrufen und dann erzählt mir, was zur Hölle heute Nacht hier passiert ist."

Tom Meir war gerade erst eingeschlafen, als der Anruf kam, und sein Herz setzte fast aus. Bay und Buddy waren angegriffen worden, Buddy war okay, aber Bay war mit verschiedenen Stichwunden in einer Not-OP.

Bitte nicht, nicht schon wieder ...

Er wusste, dass es Stu Lawson gewesen war – wer sonst könnte es gewesen sein? Er, Tom, hatte Bay im Stich gelassen, als sie am meisten verwundbar gewesen war. Warum hatte er nicht auf einen Wachmann vor ihrer Zimmertür bestanden? *Weil du ihr dann hättest sagen müssen, dass du Stu Lawsons Flucht vor ihr geheim gehalten hast ...*

Oh Gott, mein Liebling, Es tut mir leid, es tut mir leid ...

Er weckte die Mädchen auf und rief Kym und Roman an. Sie waren entsetzt und sagten, sie würden sofort zum Krankenhaus kommen. Tom schnallte die Mädchen in ihre Autositze, betete, dass sie nicht zu spät kamen, dass er seinen Mädchen nicht erklären musste, dass ihre Mama von einem bösen Mann umgebracht worden war und dass ihr Papa nicht in der Lage gewesen war, ihn aufzuhalten.

SAILOR STRECKTE sich in der Morgensonne und öffnete ihre Augen. Bodhi stand am Herd und legte köstlich duftende Pancakes auf die Teller. Sailor stand auf, schnappte sich Bodhis Shirt vom Bettende, zog es an und schlich sich hinter ihn und schlang ihre Arme um seine Taille. Es fiel ihr immer noch schwer zu glauben, dass dieser tolle, große Mann ihr gehörte.

„Ich liebe dich."

Bodhi drehte sich um und zu Sailors Entsetzen war es nicht Bodhi, sondern Bart. Er grinste hämisch. „Ich bin froh das zu hören, Sailor, aber es ist ein bisschen zu spät dafür." In seiner Hand hielt er ein großes tödliches Messer und stach es tief in ihren Bauch. Als sie zu Boden fiel, sah sie Bodhi, der nicht weit weg von ihr mit durchgeschnittener Kehle lag, und wie das Licht in seinen Augen erlöschte ...

. . .

„Sailor! Baby, wach auf!"

Sailor hörte endlich zu schreien auf, als Bodhi sie in seine Arme zog. „Baby, du hast geträumt, du hattest einen Alptraum."

Langsam beruhigte sie sich. Bodhi sah sie besorgt an.

„Geht es dir gut?"

Sailor holte tief Luft. „Entschuldige Liebling. Es tut mir leid. Himmel, ein böser Traum ist schon fast nicht mehr das richtige Wort." Sie rieb mit ihren Händen über ihr Gesicht. „Jesus, ich hatte seit Monaten keinen Alptraum mehr."

Bodhi streichelte ihr übers Haar. „Willst du darüber reden?"

Sie lächelte schwach. „Was könnte es sein außer Bart? Ich warte ständig darauf, dass er mich findet, mir oder schlimmer noch dir wehtut. Ich könnte es nicht ertragen, wenn ich dafür verantwortlich wäre, dass irgendjemanden, den ich liebe, etwas Schlimmes passiert. Ich würde lieber sterben, Bodhi."

Bodhi zuckte zusammen. „Sag das nicht, Baby."

„Es ist aber wahr. Ich sage dir etwas, wenn Bart mich findet, dann werde ich nicht gehen, ohne ihn mit mir zu nehmen. Ich habe immer angenommen, dass das Schlimmste, was ein Mensch einem anderen antun kann, ist ihn umzubringen. Aber ich würde Bart Foy, ohne zu zögern. töten. Für das, was er getan hat, und für das, was er noch tun wird."

Bodhi fühlte, wie ihm das Herz bei ihren Worten schwer wurde. Seine wunderschöne Frau sollte niemals in eine Situation gebracht werden, in der sie sich entscheiden musste zu sterben oder jemanden umzubringen. *Nein. Das war nicht richtig.* Er würde es nicht zulassen, dass Sailor jemals wieder verletzt wurde, nicht von Bart Foy und auch nicht von seinen Anhängern.

„Süße, wenn wir wieder in der USA sind, dann werde ich aktiv werden."

„Was hast du vor?" Sailor hatte sich beruhigt und Bodhi küsste sie auf die Schläfe.

„Zuerst, und ich weiß, dass du es hassen wirst, werde ich mehr Sicherheitsleute einstellen. Du wirst ohne Bodyguard nirgendwo mehr hingehen."

Sailor seufzte und Bodhi sah sie fragend an. „Was ist?"

„Es ist nur ... ich habe jahrelang eingesperrt gelebt und konnte mich nicht frei bewegen. Ich hatte immer eine Aufsichtsperson dabei. Es fühlt sich an wie ein Déjà-vu."

„Außer, dass es diesmal ist, um dich zu beschützen und nicht zu beaufsichtigen." Seine Stimme klang scharf und sie lächelte ihn reuevoll an.

„Ich weiß, Baby. Lass uns darüber sprechen, was wir sonst noch tun können?"

Bodhi setzte sich so, dass er sie ansehen konnte. „Wenn du an andere Kulte denkst, was ist es, das sie am meisten hassen?"

„Negative Schlagzeilen."

Bodhi nickte. „Richtig. Dokumentationen, Geständnisse von Exmitgliedern. Schau dir die Serie über den Hollywoodkult an, die gerade erst im Fernsehen war. Sie haben es gehasst."

„Also meinst du, wir sollten eine Dokumentation machen?"

„Ich werde das tun. Wir werden einen Topjournalisten anheuern, einen mit gutem Ruf und wir werden Exmitglieder befragen."

Sailor kaute auf ihrer Lippe. „Wenn wir welche finden, die noch leben. Es gibt nur wenige, die den Kult verlassen haben und fast alle davon sind tot."

„Dann schalten wir die Polizei ein und schauen uns diese Toten näher an. Vielleicht auch das FBI. Du kannst ihnen erzählen, was du in Foys Büro gesehen hast."

„Wenn er beobachte wird, dann wird er diese Fotos vernichten. Warum habe ich nicht eines mitgenommen? Verdammt."

„Du hattest Angst."

Sailor nickte, aber sie sah entschlossen aus. „Lass es uns angehen. Lass uns das Arschloch zur Strecke bringen."

„Und lass uns dich beschützen."

Sie lächelte ihn an. „Das auch."

BODHI BEUGTE sich nach vorn um sie zu küssen. „Hast du Hunger?"

„Ein bisschen." Sie streichelte ihm über die Haare und versuchte das Bild von ihm aus dem Kopf zu bekommen, wie er starb.

„Ich möchte aber keine Pancakes."

„Eier?"

„Perfekt."

Sie aßen im Freien und balancierten ihre Teller auf den Knien. „Es ist himmlisch hier", sagte Sailor. „Kein Fernsehen, kein Internet, kein Telefonsignal, nur das hier." Sie deutete auf die hügelige Landschaft, die rustikalen Gebäude und die Olivenhaine.

Bodhi aß etwas Ei. „Könntest du dir vorstellen hier zu leben?"

Sailor sah ihn überrascht an und nickte dann. „Das könnte ich. Und du?"

Bodhi lächelte. „Ich habe den Gedanken schon seit Jahren, einfach aufhören und hierherzukommen, ein einfacheres Leben. Seit kurzem denke ich immer mehr darüber nach. Die Fantasien eines alten Mannes ... ich kann uns hier sehen, unsere Kinder rennen herum, Hunde, Pferde und wir machen alles gemeinsam. Ruhe, Frieden."

„Ich nehme das zurück", sagte Sailor mit Tränen in den Augen. „Das ist nicht himmlisch. Das hier, was du beschreiben hast, ist mein Himmelreich."

Bodhi grinste verhalten. „Ja?"

„Gott, ja."

Er streichelte über ihren Kopf. „Sailor King ... du machst mich so glücklich. Ich will dir jetzt keine Angst machen, aber eines Tages werde ich dich heiraten. Keine Angst, ich werde dich jetzt nicht fragen, aber irgendwann werde ich es tun."

Sailor wurde rot. „Und eines Tages werde ich Ja sagen. Das verspreche ich."

Bodhi nahm ihren Teller und stellte ihn auf den Boden. Er zog sie auf die Füße und führte sie den Berg hinab. Sailor grinste über seinen hinterlistigen Gesichtsausdruck.

„Wohin gehen wir?"

Bodhi lachte. „Der Olivenhain ... eine meiner weiteren Fantasien ist es, dich dort zu vögeln."

Sailors Herz schlug schneller und sie grinste. „Zeig mir den Weg, Mr. Creed."

In der Mitte des Olivenhaines nahm er sie, auf dem Boden im Gras und Moos liegend, ihre Beine um seine Hüften und sein Schwanz, der tief in sie stieß.

Danach gingen sie Hand in Hand zurück zum Haus, plauderten und lachten. Sailor sah sich um und blieb stehen. „Schau."

Sie sahen eine Staubwolke den Berg hinaufkommen. „Irgendjemand kommt." Bodhi runzelte die Stirn. Soleil und Claudio würden erst morgen wiederkommen.

Sie gingen zum Haus und warteten auf das Auto. Und tatsächlich waren es Soleil und Claudio mit Tim. Tim stieg aus dem Auto und rannte herüber um seinen Vater und Sailor zu umarmen.

Soleil begrüßte sie und ihr normalerweise so fröhliches Gesicht war betrübt. Sie warf Claudio einen Blick zu, der nickte und Tim mit ins Haus nahm, um ihm etwas zu essen zu machen.

„Hey ihr zwei", sagte Soleil. „Es tut uns leid, dass wir so hereinplatzen, aber zu Hause ist etwas passiert und ich dachte, ihr solltet es wissen."

„Was denn?"

Solly sah Sailor traurig an. „Bay Tambe wurde im Krankenhaus angegriffen. Ihr geht es nicht gut."

Sailor schlug entsetzt die Hand vor den Mund. „Oh Gott ... was ist passiert?"

Solly holte tief Luft. „Stuart Lawson. Er hat sie mit einem Skalpell angegriffenen. Sie hat das Baby beschützt – oh, sie hat vor ein paar Tagen einen Jungen zur Welt gebracht – und das Baby ist Gott sei Dank nicht verletzt. Bay hat Schnittwunden und die Hauptschlagader im Oberschenkel wurde durchtrennt. Sie haben sie stundenlang operiert und sie liegt jetzt auf der Intensivstation."

Bodhi legte der weinenden Sailor seinen Arm um die Schulter. „Habt ihr es aus den Nachrichten?"

Solly schüttelte den Kopf. „Das FBI hat mich angerufen, damit ich dich kontaktiere. Stuart Lawson gesteht alles. Es sieht so aus, als hätte Bartholomew Foy die Flucht arrangiert, ihn versteckt und ihm die Möglichkeit verschafft, Bay umzubringen."

Sailor starrte sie an und Tränen liefen ihr über das Gesicht. „Bart? Warum zur Hölle sollte er Bay umbringen wollen?"

Soleil sah Sailor mit tiefem Mitleid an. „Stu sagte, um dich zu bestrafen. Er wusste, dass ihr Freunde seid, Gott weiß woher. Bodhi ... du hast einen Spion in deinem Team."

„Scheiße!" Bodhi war jetzt wütend. Er schloss seine Arme fest um Sailor, die jetzt noch lauter schluchzte. Bay war wegen ihr angegriffen worden? Nein. Nein, sie hielt das nicht aus.

„Bodhi wir müssen nach Hause", sagte sie und versuchte sich zu beruhigen, aber Bodhi war stinksauer.

„Nein, auf keinen Fall, das wäre, als würde ich dich mitten ins Feuer werfen."

„Niemand wird wegen mir verletzt, Bodhi. Das lasse ich nicht zu."

„Keine Chance, Liebling."

„Hör auf mir vorzuschreiben, wie ich mein Leben leben soll!" Sailor flippte aus. „Das ist meine Entscheidung, Bodhi, nicht deine! Ich bin dafür verantwortlich ... Gott, Bodhi, sie hat gerade ein Kind zur Welt gebracht! Was glaubst du, wie es Tomas geht? Und den Mädchen? Wegen mir ist ihre Mama ...", sie brachte die Worte nicht über die Lippen.

„Was geschehen ist, ist geschehen", Bodhis Stimme war kalt. „Dich selbst zu opfern wird das nicht ändern."

„Es ist nicht deine Entscheidung.", schnappte Sailor. „Wir fliegen noch heute Nacht in die Staaten zurück. Ich muss für Bay da sein."

Bodhi warf die Arme in die Luft. „Du kennst sie kaum!"

Sailor wurde sehr still. „Ich kenne sie nur zwei Wochen weniger als dich, Bodhi. Bay gehört zu meiner Familie. Triff die Vorbereitungen. Ende der Unterhaltung."

Und sie stolzierte zurück in das Farmhaus, wobei sie sich kaum zusammenreißen konnte. Sie fand ein leeres Badezimmer, sackte auf dem kalten Fliesenboden zusammen, vergrub ihren Kopf in ihren Händen und weinte heftig.

DRAUSSEN SAH ein geschockter Bodhi Soleil mit bleichem Gesicht an. Er schüttelte seinen Kopf. „Das ist eine schlechte Idee, Solly. Eine sehr schlechte Idee."

Soleil drückte seinen Arm. „Aber du weißt, dass du es tun musst, richtig?"

Bodhi nickte und kniff die Augen zusammen. „Gott ... wenn er sie umbringt, Solly ..."

„Das wird er nicht, Bodhi. Wie wäre es, wenn ich mich bei euch beiden einquartieren würde? Wir feuern dein gesamtes Sicherheitsteam und erneuern alles. Ich werde Tim persönlich zur Schule bringen und wieder abholen. Du und Sailor versucht ein normales Leben miteinander zu haben."

Bodhi sah seine Freundin dankbar an. „Was ist mit deinem Leben, Sol?"

Sie grinste. „Hey, ich bin um einiges jünger als du ... ich kann warten. Ich kann von Los Angeles aus genauso gut arbeiten wie von woanders. Ich habe ein paar Dinge mit Grady Mallory und Maceo Bartoli zu erledigen, aber sie können sich dort, wo sie sind, darum kümmern."

Bodhi umarmte sie. „Danke, Sol."

„Gern geschehen. Ich kümmere mich um die Rückflüge für heute Abend. Geh und such Sailor und versöhne dich mit ihr. Jetzt ist nicht die richtige Zeit für euch beide, um euch zu streiten."

„Mädchen, wenn wir Mama sehen, dann bedrängt sie nicht zu sehr", sagte Tomas Meir zärtlich zu seinen Töchtern. „Ihr tut alles weh und sie ist wahrscheinlich etwas erschöpft."

„Können wir sie küssen?"

Tomas sah in den Rückspiegel und lächelte Esme an. „Ich glaube, das würde sie sehr mögen."

Er sah wieder auf die Straße und fühlte wie die Spannung aus seinem Körper wich, die ihn die letzten paar Tage im Griff gehabt hatte. Nach stundenlangen Operationen hatte Bay es überstanden und war jetzt auf dem Weg der Besserung, aber das Entsetzen, das ihn ergriffen hatte, als man es ihm erzählt hatte, würde er nie wieder vergessen.

Stuart Lawson war jetzt im Gewahrsam des FBI und sang wie

ein Vogel. Seine Flucht aus dem Gefängnis war von einem Mann namens Bartholomew Foy arrangiert worden, über den Tomas dann Erkundigungen eingezogen und herausgefunden hatte, wer er war. Er war entsetzt, als er den #FindSailor Hashtag sah, das, was ihn zu Bay gebracht hatte. Er hatte sie angegriffen, um Sailor zu zeigen, zu was er fähig war. Tomas würde am liebsten jemanden umbringen – und er war ein bisschen sauer auf Sailor King, obwohl er wusste, dass das nicht fair war, aber zur Hölle nochmal, seine geliebte Bay war fast gestorben – *schon wieder*.

Stu Lawson hätte wahrscheinlich auch ohne Bartie Foy versucht Bay umzubringen. Tom sagte sich das immer wieder, aber der Gedanke, dass Stu Lawson ohne Bartie Foy niemals aus dem Gefängnis gekommen wäre, hatte sich festgesetzt.

Er war erleichtert, als er sah, dass Bay wach war und sie freute sich unglaublich die Zwillinge zu sehen und umarmte beide Mädchen. Seine Frau war immer noch blass, aber ihre Augen funkelten wieder lebendig, während sie ihren Sohn hielt und ihre Mädchen küsste. Esme und Milly waren ganz vernarrt in ihren kleinen Bruder. Bay hatte, nachdem sie aus der OP aufgewacht war, darauf bestanden, dass ihr Sohn bei ihr sein würde, damit sie in stillen konnte und nach einer kleinen Diskussion mit dem Arzt hatte sie auch die Erlaubnis dafür bekommen. Sie gab Buddy zu seinem Vater, bevor sie Tomas küsste.

„Der Arzt sagt, dass ich am Wochenende nach Hause darf, Mädchen", sagte sie zu ihren Töchtern. Tom strich mit der Hand über Bays Stirn.

„Bist du dir sicher, dass du schon so weit bist, Baby?"
Sie nickte heftig. „Gott, ja. Ich zähle die Tage."
„Wie geht es dem Oberschenkel?"

Bay lächelte ihn an. „Die Wunde heilt sehr gut, aber du solltest den blauen Fleck sehen. Ich bin ziemlich stolz darauf."

Tom schluckte den Kloß in seinem Hals herunter. „Du bist eine Heldin, Baby. Nicht viele Menschen würden die Kraft haben, sich zu verteidigen."

Bay sah ihm fest in die Augen. „Tom, Liebling ... ich muss fragen. Wusstest du es? Wusstest du, dass er draußen war?"

Tom hielt ihrem Blick stand. „Ja. Ich wollte dich nicht in den letzten paar Wochen vor der Geburt beunruhigen. Ich hätte niemals gedacht, dass du hier drin nicht sicher bist."

Bay seufzte. „Ich verstehe deine Entscheidung, aber bitte, halte so etwas nie wieder vor mir geheim."

„Das werde ich nicht. Verzeihst du mir?"

Bay grinste leicht. „Ich werde darüber nachdenken. Du musst es wiedergutmachen ... in etwa 6 Wochen."

Tom lachte und Milly sah auf. „Warum lachst du, Papa?"

„Deine Mama ist unmöglich."

Milly zuckte mit den Schultern. „Okay."

Bay legte ihre Hand in Toms. „Sailor hat mich angerufen. Sie kommen zurück. Sie war traurig und hat sich selbst die Schuld gegeben." Sie sah Toms Gesicht und sah ihn streng an. „Tom, das ist nicht ihre Schuld und ich will nicht, dass sie etwas anderes zu hören bekommt. Kannst du dir vorstellen, wie das arme Mädchen gelebt hat?"

„Was ich nicht verstehe", sagte Tom leise. „Warum du? Warum von all ihren Freunden hat er dich ausgesucht?"

„Das ist leicht. Sailor hat nicht viele Menschen und die meisten sind unter Bodhis Schutz. Ich bin am Außenrand und niemand würde Bart Foy verdächtigen mich auf dem Gewissen zu haben. Dazu kommt, dass er, wenn er Stu benutzt, alles abstreiten könnte. Das muss man Bart Foy lassen – er ist nicht dumm."

Tom dachte eine Minute lang darüber nach und nickte dann. „Ich denke, du hast recht."

„Egal, Sailor besucht mich morgen und wir können uns dann unterhalten. Ich bin mir sicher, dass Krankenhaus wird erfreut sein über die ganzen Sicherheitsvorkehrungen." Bay nickte zur Tür hin, wo Toms Sicherheitsteam stand. Bay lächelte. „Wie eine Festung."

„Darauf kann du deine süßen ... Hintern verwetten", verbesserte sich Tom im letzten Moment und warf seinen Kindern einen kurzen Blick zu. Bay lachte.

„Gut gemacht, Mr. Meir. Gut abgefangen."

DIE ANSPANNUNG zwischen Sailor und Bodhi hatte sich nicht gebessert, als sie nach Hause flogen, und jetzt, zwei Tage später, war die Stille beim Frühstück drückend. Soleil und Tim warfen sich verstohlene Blicke zu und versuchten eine Unterhaltung in Gang zu bringen, aber Bodhi und Sailor schwiegen.

Soleil brachte Tim zur Schule und das Paar war allein im Haus. Sailor beobachtete das neue Sicherheitsteam, das das Grundstück patrouillierte und fühlte, wie Tränen in ihre Augen stiegen. Sie wischte ungeduldig eine weg und spürte, wie Bodhi seinen Arm um ihre Taille legte und die Tränen weg küsste.

„Es tut mir leid, Sails. Ich war unmöglich. Ich hatte einfach verdammte Angst, dass dir etwas passiert."

Sailor lehnte sich in seine Umarmung, wollte seine Stärke und seinen großen Körper an ihrem spüren. „Es tut mir leid, dass ich dich angeschrien habe. Es ist nur, Himmel, Bodhi, ich fühle mich so verantwortlich."

„Du bist nicht das Monster", sagte er zärtlich und sie drehte sich in seinen Armen um und hob ihr Gesicht, damit er sie küssen konnte.

„Ich weiß. Ich hasse einfach die Tatsache, dass jemand

anderes wegen mir verletzt wird." Sie legte ihre Hände auf sein Gesicht und sah ihn forschend an. „Du siehst müde aus."

„Ich habe dich in den letzten Tagen vermisst."

Sie lächelte zärtlich. „Ich war neben dir im Bett, Baby."

„Ich habe die Entfernung gespürt."

Sie nickte und ihr Blick wurde ernst. „Ich auch."

„Lass uns das nie wieder tun." Bodhi küsste sie sanft. Sailor nahm seine Hand und führte ihn in ihr Schlafzimmer.

„Lass uns wieder zu dem zurückkehren, was wir hatten", sagte sie sanft und schloss die Tür hinter sich.

S<small>OLEIL SAH ZU</small> T<small>IM</small>, während sie durch den dicken Verkehr in Los Angeles zu seiner Schule fuhren. Der Junge war still, er spürte die Spannung zwischen seinem Vater und Sailor.

„Timbo? Geht es dir gut?"

Tim sah sie besorgt an. „Solly ... werden sich mein Dad und Sailor trennen?"

Soleil schüttelte ihren Kopf. „Nein, Süßer, sie sind nur traurig darüber, was mit Bay passiert ist. Aber alles wird wieder gut. Bay geht es besser und dein Papa und Sailor werden sich wieder erholen."

„Wir haben neue Sicherheitsleute."

„Ja."

„Gut. Das ist gut."

Solly runzelte die Stirn. „Tim, haben sie dir jemals etwas getan? Nicht die neuen, aber die alten. Hast du etwas Auffälliges bemerkt?"

Tim dachte kurz nach. „Nur Udo. Er war unheimlich. Er hat Sailor die ganze Zeit angesehen. Ich glaube, er findet sie hübsch."

Soleil nickte, tief in Gedanken versunken. „Udo, hm? Ja, er war etwas unheimlich. Gut, dass er jetzt weg ist, hm?"

„Ja. Meinst du, Dad wird Sailor heiraten?"

Soleil war erleichtert, dass er wieder fröhlicher war. „Vielleicht, ich weiß nicht. Sie lieben sich sehr."

Tim nickte. „Warum hat Dad denn noch nie geheiratet?"

„Nun, vielleicht hat er auf Sailor gewartet."

„Aber er hat sie doch gar nicht gekannt." Tim sah verwirrt aus und Soleil grinste ihn an.

„Vielleicht, tief in ihm, wusste er, dass er wartete, dass jemand wie Sailor dort draußen war, also hat er mit dem Heiraten gewartet. Bist du traurig, dass er nicht deine Mutter geheiratet hat?"

„Nein. Ich glaube nicht, dass sie sich geliebt haben, nicht so wie Mama Evan geliebt hat oder wie Dad Sailor liebt."

„Was ist mit deiner Mama und Evan passiert?"

Tim zuckte mit den Schultern. „Sie hatte manchmal schlechte Laune und hat ihn angeschrien. Er hat es eine Zeit lang ignoriert, aber dann wurde er ... wie nennt man das?"

„Wütend? Traurig?"

„Traurig. Er war sehr traurig. Eines Tages hat er mir gesagt, dass er nicht mehr mit uns leben kann, weil Mama ihn gebeten hat zu gehen." Tim sah aus, als würde er gleich weinen, und Soleil wechselte schnell das Thema.

„Also wenn du mich fragst, ich glaube dein Dad wird Sailor heiraten."

„Ich hoffe es." Tim lächelte wieder. In der Schule küsste er Soleil auf die Wange und rannte zu seinen Freunden. Soleil seufzte. Sie hatte niemals Kinder gewollt, aber da war etwas an diesem Kind, das ihr Herz wehtun ließ.

Sie warf einen Blick auf die Uhr. Es war noch früh und sie wollte Bodhi und Sailor etwas Privatsphäre geben. Soleil fuhr zu ihrem Lieblingscafé und flirtete mit der weiblichen Bedienung. Hedda, mit der sie vor ein paar Wochen ausgegangen war, hatte sich schon eine ganze Zeitlang nicht mehr gemeldet, und Soleil hatte sich dazu entschlossen, sich deshalb keinen Kopf zu machen. Die Zeit mit Hedda war lustig gewesen, aber die Arbeitsstunden einer Krankenschwester waren nicht so passend und ...

Etwas machte in Soleils Kopf klick. Hedda war eine Krankenschwester. Soleil rief das Krankenhaus an, in dem sie arbeitete. Die Belegschaft kannte keine Hedda Shaw.

Mist. Soleil schnappte sich ihr Ipad und überprüfte, in welchem Krankenhaus Bay Tambe in Seattle ihren Sohn zur Welt gebracht hatte, und rief dort an. Nach kurzen Verhandlungen verband man sie mit der Schwesternstation auf Bays Etage.

Soleil erkannte Heddas Stimme sofort wieder. Sie legte wortlos auf. *Verdammte Schlampe.* Also hatte Hedda sie angelogen, wo sie arbeitete – es war mit Sicherheit kein Zufall, dass sie genau dort arbeitete, wo Bay angegriffen wurde.

Sailor wollte nach Seattle fliegen, um Bay zu besuchen – vielleicht sollte Soleil sie begleiten. Vielleicht konnte sie dann Hedda überprüfen und ihr eventuell etwas Angst machen, um einige Informationen aus ihr herauszubekommen.

Es war einen Versuch wert.

BODHI strich mit den Händen über Sailors Hüften, während sie auf ihm saß. Sie streichelte seinen Schwanz, nachdem sie sich einige Zeitlang geliebt hatten. Sie lächelte zu ihm herab, während sie mit den Händen über die Spitze seines Schwanzes, der an ihrem nassen Geschlecht lag, rieb.

„Erinnerst du dich an unsere Nacht in der Toskana?", fragte sie und Bodhi grinste.

„Baby, ich glaube nicht, dass ich das jemals vergessen werde. Hast du es genossen?"

„Gott, ja." Sailor brachte sich in Position und führte ihn in sich ein, nahm ihn tief auf und seufzte glücklich.

„Ich liebe die Art, wie sich deine Muschi um meinen Schwanz legt", sagte Bodhi, als sie ihn ritt und sie lachte leise und verwob ihre Finger mit seinen.

„Ich liebe es, wenn dein Schwanz mich in die Unterwerfung rammelt." Bodhi gluckste. „Gott, du redest so schmutzig." Mit einer fließenden Bewegung rollte er sie auf den Rücken und drückte ihre Knie an ihre Brust. „Lass uns mal sehen, wie tief ich komme, okay?"

Sailor schnappte nach Luft und schrie auf, als er sie härter und härter fickte und ihre Knie dabei immer höher drückte, damit er noch tiefer gehen konnte. „So ist es richtig, kleines Mädchen, schreie meinen Namen ... Gott .., deine Möse fühlt sich so gut an, Baby ..."

Sailor kam ziemlich schnell, als Bodhi tief in sie spritzte. Bodhi ließ sie ihre Beine auseinanderhalten, als er sie dann leckte, und Sailor konnte seine Zunge, die ihren schon übersensiblen Kitzler neckte, kaum aushalten.

Nach zwei weiteren Orgasmen und jeder Menge Küssen, lagen sie schwer atmend Seite an Seite. „Gott, es kann nicht mehr besser als das werden, nicht wahr?"

Bodhi grinste. „Das ist unwahrscheinlich. Aber ich bin zu allem bereit, wenn du es bist."

Sailor stützte sich auf ihren Ellbogen und starrte auf ihn herab. „Das bin ich ... alles außer Messer."

„Ich würde so etwas niemals in Betracht ziehen, Sails. Niemals. Und vor allem, wenn ich an deine Vergangenheit denke. Das wird nicht passieren."

Sailor grinste erleichtert. „Aber alles andere ... wir haben Gerten ausprobiert, Fesseln ..."

Bodhi grinste verschlagen. „An dieser Stelle wäre es wahrscheinlich besser, wenn wir alles aufzählen, was wir *nicht* ausprobieren wollen."

„Ballknebel. Knebel ist das entscheidende Wort. Während des Sex kommen mir nur zwei Dinge in den Mund: deine Zunge und dein Schwanz."

„Das freut mich zu hören", lachte Bodhi und sie spürte die Vibration, während sie an seiner Brust lehnte. „Ich finde nichts an Erniedrigung. Oder Windeln für Erwachsene."

Sie verzogen beide das Gesicht und lachten. „Ja, ich auch nicht. Was ist mit einem Dreier?"

Bodhis Augenbrauen schossen in die Höhe. „Wirklich?"

Sailor nickte. „Ich habe mich das schon ein paar Mal gefragt."

„Frau oder Mann?"

„Egal. Aber nur, und das ist ein großes nur, wenn wir der Person komplett vertrauen. Denn ich kann eifersüchtig werden."

Bodhi zog sie auf sich. „Du weißt, dass das alle bis auf zwei Menschen ausschließt."

„Ja. Aber ich glaube nicht, dass Bay für so was im Moment zu haben wäre."

„Oh, haha, witzig. Und witzigerweise glaube ich auch nicht, dass Claudio dafür zu haben wäre."

„Also reden wir von derselben Person. Nun, Soleil gibt sich ja schon als deine Freundin aus."

Bodhi grinste sie an. „Soleil ist die einzige Person, bei der ich überrascht bin, dass sie es noch nicht selbst vorgeschlagen hat."

„Hattet ihr beide ..."

Bodhi schüttelte seinen Kopf. „Nein, niemals. Ich weiß, dass sie es mit anderen gemacht hat, sie hat keine Probleme, mir so was zu erzählen."

Sailor gluckste. „Ich fasse es nicht, dass wir darüber diskutieren."

„Hey, ich habe schon das perfekte Rollenspiel in meinem Kopf."

„Oh wirklich?"

Bodhi bedeckte ihren Körper mit seinem. „Ja, ich und Solly, wir sind die Reichen -"

„Das ist wahr."

„Unterbrich mich nicht."

„Entschuldige." Sie grinste ihn an. „Bitte fahr fort."

„Wir leben in einem großen Schloss und du, Sailormädchen, bist unsere Angestellte. Wir haben dich wegen deiner unglaublichen Schönheit ausgewählt und schon bald holen wir dich aus der Küche, wo du arbeitest, und benutzen dich als Sexspielzeug. Jede Nacht" Er fuhr mit seinen Lippen über ihr Schlüsselbein während er sprach. „Wir lassen dich für uns strippen und dann küssen wir beide jeden Zentimeter deines schönen Körpers. Alle Aufmerksamkeit ist auf dich gerichtet ... alle."

Sein Mund war jetzt an ihren Brüsten und seine Hand glitt zwischen ihre Beine, um ihre Klit zu massieren. Sailor erzitterte bei den Berührungen. Bodhi genoss es und fuhr mit der Zungenspitze um ihren Nabel.

„Stell dir vor, das wäre Soleils Zunge auf deinem Bauch und sie streichelt das weiche Fleisch an deinen Oberschenkeln ... ich bin hinter dir und fahre mit der Zunge deine Wirbelsäule entlang, und dann, als Soleil deine Kit in ihren Mund nimmt, schiebe ich meinen Schwanz von hinten tief in deine Muschi ..."

Sailor stöhnte, wand sich unter seiner Berührung und Bodhi grinste, drehte sie auf den Bauch und stieß von hinten in sie hinein. Sie war so nass und heiß, dass sie fast im selben Moment kam, und dann hielt Bodhi sich am Kopfende des Bettes fest, während er sie mit tiefen und harten Stößen fickte.

SPÄTER, als Soleil nach Hause kam, musste Sailor grinsen. Es war wirklich toll gewesen, sich vorzustellen von Soleil und Bodhi gemeinsam gefickt zu werden. Ihr Körper vibrierte immer noch vor Erregung, aber sie sah, wie ernst Soleil war, als sie das Zimmer betrat, und schob ihre erotischen Fantasien beiseite. Soleil sah nicht so aus, als wäre sie in der Stimmung zu flirten.

Soleil erzählte ihnen von Hedda und Bodhi sah wütend aus. „Das klingt tatsächlich verdächtig. Und ja, ich halte es für eine gute Idee, nach Seattle zu gehen."

Sailor stimmte zu. „Ich will Bay besuchen und wenn wir Hedda genug Angst einjagen können, dass sie uns ein paar Dinge verrät, dann ist das umso besser. Jesus, wenn sie Lawson in das Krankenhaus gelassen hat, dann will ich, dass sie gefeuert wird."

„Das war auch meine erste Reaktion, aber sie würde nützlicher sein, wenn wir sie ausspionieren. Ich kann vorgeben dort zu sein, um Bay zu besuchen, und überrascht reagieren, wenn ich Hedda sehe, und sie vielleicht etwas einschüchtern."

Bodhi griff nach seinem Telefon. „Wir werden herausfinden, wo sie wohnt, und sie verwanzen. Wenn sie mit Foy zusammenarbeitet, werden wir es herausfinden."

Sailor fühlte sich erleichtert. „Eine Spur, endlich", sagte sie strahlend. „Danke, Solly. Das sind tolle Neuigkeiten."

Soleil grinste und gab ihr High-Five. „Ihr zwei seht glücklicher aus. Kann ich davon ausgehen, dass ihr euch wieder vertragen habt?"

Sailor wurde rot und kicherte. Bodhi sah selbstzufrieden aus. „Das haben wir. Und auf eine ... ähm ... interessante Art."

Sailor warf ihm einen entsetzten Blick zu und Bodhi lachte. „Sailor hat Angst, dass ich dir von ihren Fantasien erzähle."

„Bod-hi!", stöhnte Sailor und Soleil lachte leise.

„Oh, das muss gut sein. Erzähl es mir."

„Nein!" Sailor schlug ihre Hand über Bodhis Mund. Er zog

sie weg und lachte, während Sailor versuchte ihn zum Schweigen zu bringen. „Sailor will einen Dreier mit dir, Solly."

Sailor wäre am liebsten gestorben, aber Soleil lachte nur laut. „Also, das wurde aber auch Zeit."

Sailor war zutiefst beschämt. „Ich fasse es nicht, dass du ihr das gesagt hast."

Bodhi zeigte keine Reue. „Nichts, wofür man sich schämen müsste, Sails. Wie sonst hast du geglaubt, dass wir Solly in unser Bett einladen? Mit Morsezeichen?"

Soleil stand auf und setzte sich neben Sailor. „Sails ... ist das etwas, was du wirklich ausprobieren möchtest?"

Sailor hatte ein kleines bisschen Panik, als sie zwischen beiden hin und herschaute. „Passiert das hier gerade wirklich?"

Soleil und Bodhi wechselten einen Blick. „Das kann es. Möchtest du darüber reden?"

Sailor war sich nicht darüber im Klaren, ob sie jetzt ausflippen oder bei etwas mitmachen sollte, was mit Sicherheit keine rhetorische Unterhaltung sein würde. Sie wählte das zweite. „Vielleicht ... wie soll das funktionieren?" Sie wusste nicht, ob sie es ertragen könnte, zuzusehen, wie Bodhi Soleil fickte. Soleil erriet ihre Gedanken.

„Wenn wir das machen, dann dreht sich alles nur um dich, Sailor. Ich ficke nicht mit Männern und Bodhi würde dich niemals betrügen."

Bodhi nickte. „Nein, das würde ich nicht. Solly hat recht – wenn wir das tun, dann geht es dabei nur um deine Befriedigung, Baby. Ist das zu viel?"

Sailor schüttelte langsam ihren Kopf. Soleil warf Bodhi einen Blick zu und er nickte, seine Augen waren auf die beiden Frauen gerichtet. Soleil nahm Sailors Gesicht in ihre Hände und presste ihre Lippen auf die der anderen Frau. Sie schmeckte nach Honig und Sailor ließ sich in den Kuss fallen und spürte das Bodhi ihren Rücken streichelte. Sie griff nach hinten und streichelte seinen Schwanz durch seine Hose, der allmählich hart wurde. Also würde Bodhi das auch genießen? Es schien so. Soleils Hände glitten jetzt unter ihr Shirt und Bodhi und Soleil zogen Sailor langsam aus und beide küssten die Haut, die zum Vorschein kam.

Sailor zitterte vor Erregung, als sie zum Schlafzimmer gingen. Sie legte sich auf das Bett und Soleil und Bodhi streichelten ihren Körper und als Soleils Mund ihre Klitoris berührte, schnappte sie nach Luft. Bodhi küsste sie und sein Daumen strich um ihren Nabel.

Soleil war talentiert bei dem, was sie tat, und brachte Sailor ziemlich schnell zu einem Orgasmus und lächelte sie an. „Du schmeckst wunderbar, Sails." Sie sah Bodhi an. „Wollen wir die Plätze tauschen? Ich will sehen, wie du sie fickst."

Bodhi stieß seinen großen Schwanz in Sailors rote und geschwollene Muschi, als Soleil mit vor Erregung rotem Gesicht Sailor leidenschaftlich küsste. „Ich muss zugeben", sagte sie, „dass ich davon geträumt habe, seit wir uns das erste Mal getroffen haben." Bei dem Gedanken, dass sie eine so schöne Frau wie Soleil erregen konnte, fühlte Sailor tiefe Befriedigung.

„Soleil, schau doch mal in den Schrank. Wir haben dort ein paar Spielzeuge, die du eventuell mögen wirst." Bodhis schöne Augen waren dunkel vor Verlangen, als er seine Liebste fickte, die schrie und nach Luft schnappte und komplett ihrer Gnade ausgeliefert war. Solly ging zum Schrank und war innerhalb kürzester Zeit wieder mit der Reitgerte zurück und trug den Strap-on, den sie bisher noch nicht benutzt hatten.

„Schau einer an", grinste sie. Der Anblick des großen Dildos zwischen ihren Beinen war auf eine befremdliche Art schön. Sie schwang die Gerte. „Wo magst du das, Sailor?"

„Auf ihrem Bauch", sagte Bodhi, der kurz vor dem Orgasmus stand und Sailor nickte und zog scharf die Luft ein, als Soleil die

Gerte über ihren Bauch zog und einen roten Striemen hinterließ.

„Fester", keuchte Sailor und Bodhis harter Schwanz stieß fest in sie. Soleil beugte sich nach vorn und drückte ihre Lippen auf den Striemen, bevor sie noch einmal, diesmal härter, zuschlug. Der Schmerz war eine süße Qual. Der dritte Hieb verletzte die Haut leicht und Soleil legte die Gerte beiseite und küsste Sailors Bauch.

„Ich werde dafür sorgen, dass es besser wird, Sailor", flüsterte sie. Bodhi kam, während er die beiden Frauen beobachtete und zog sich dann nach Luft schnappend aus ihr zurück.

„Ich will deinen Schwanz blasen", sagte Sailor zu ihm und er nickte lächelnd.

„Solly, fick sie von hinten mit dem Ding, während ich ihre Klit lecke."

Mit Bodhis Schwanz in ihrem Mund, seinem Mund an ihrer Klit und Soleil, die den Dildo von hinten in sie hineinstieß, dachte Sailor, sie würde vor Lust sterben. Niemals in ihrem Leben hätte sie gedacht, dass sie einmal von diesen beiden schönen Menschen gefickt werden würde und dass es so gut und hemmungslos sein würde. Sie wollte Bodhi und sie wollte Soleil in diesem Moment genauso sehr.

Sie saugte an Soleils Nippeln und schnallte sich dann den Strap-on um und fickte Solly, während Bodhi Sailor in ihren perfekten kleinen Arsch fickte. Sie kam wieder und wieder, während sie sich stundenlang liebten, bis alle drei völlig erschöpft zusammenbrachen. Sailor lag heftig atmend zwischen ihnen. „Wow, einfach wow."

Bodhi und Soleil kicherten beide. „Du kannst es gern noch einmal sagen", sagte Bodhi. Er küsste Sailor zärtlich. „Ich liebe dich, Boo."

Sie grinste ihn an. „Und ich liebe dich, Baby." Sie sah zu Soleil. „Ich liebe dich, Solly."

„Und ich mag dich als Freundin", gab Solly grinsend zurück und Sailor lachte.

„Ernsthaft ihr beiden. Ihr habt mir eine Welt gezeigt, die ich nicht kannte. Ich bin froh, dass wir das getan haben."

Soleil lachte leise und Bodhi küsste Sailors Lippen. „Ich auch, Baby."

Soleil stand auf. „Also ihr Lieben, ich gehe jetzt unter die Dusche. Ich muss heute noch etwas arbeiten. Ich bin im Gästehaus, falls ihr mich, ähm, noch einmal *brauchen* solltet."

Sie warf sich ihr Kleid über und grinste, als sie sie alleine ließ, und warf ihnen einen Luftkuss zu.

Sailor schlang ihre Arme um Bodhi, der sie festhielt. „Das war ... danke, Bodhi. Danke für deine Großzügigkeit."

„Hey, das war mir ein Vergnügen."

Sailor küsste ihn und sah besorgt aus. „Ich hoffe, ich habe dich jetzt nicht betrogen?"

„Nein, Baby", grinste Bodhi. „Das war ein Dreier, mit dem alle einverstanden waren."

„Aber du und Soleil ..."

„Wie sie schon sagte, wir wollten dich beide ficken und ich bin auch nur menschlich, Sails, der Gedanke an dich und Solly zusammen ... das war heiß. Und ich durfte es miterleben, ganz nah und auf eine liebevolle Art, es war also ein Gewinn für uns alle." Er strich ihr feuchtes Haar aus ihrem Gesicht. „Wenn man bedenkt, dass du vor ein paar Monaten noch Jungfrau gewesen bist."

Sailor grinste. „Ich weiß ... ich habe die beste Ausbildung bekommen."

Bodhi lachte. „Ja, das hast du ... und was tun wir jetzt?"

Sailor grinste und schnappte sich den Strap-on. "Nun, Mr. Creed nachdem mein Hintern noch von deinem riesigen Schwanz wehtut, denke ich, dass es an der Zeit ist, die Rollen zu vertauschen. Hast du Lust?"

Bodhi lachte. „Zum Teufel, ja. Stell nur sicher, dass du genügend Gleitmittel verwendest, Baby."

„Oh, das werde ich."

Sailor fühlte die Macht, die sie hatte, als sie Bodhi fickte, sie fühlte sich sexy, hemmungslos und mehr als alles andere geliebt. Als er kam, und sie wusste, dass er so viel Lust nur wegen ihr empfand, schwoll ihr Herz an. Danach drehte Bodhi sie auf den Rücken und stieß seinen steinharten Schwanz in ihre feuchte Fotze und fickte sie, bis beide nicht mehr konnten.

KAPITEL NEUN

Später sprachen Sailor und Soleil über ihre Reise nach Seattle, während Bodhi und Tim mit Tims PlayStation spielten.

Soleil telefonierte und buchte ihnen ein Hotel, als Bodhi zu ihnen sah. „Vergesst nicht die zusätzlichen Zimmer für das Sicherheitsteam zu buchen."

Soleil rollte mit den Augen und Sailor grinste. „Sicher wird uns nichts passieren?"

„Das hat Bay auch gedacht." Bodhi sah sie unnachgiebig an.

„Dad."

Bodhi drehte sich wieder um, als Tim ungeduldig wurde, und Soleil streckte ihm die Zunge raus.

Sailor betrachte ihre kleine Familie und fühlte sich so glücklich. Sie war so froh, dass es zwischen ihr und Soleil, die sie beide mit: „Hey ihr Schlampen" und einem fetten Grinsen begrüßte hatte, noch genauso war wie vorher. Sailor sah sie jetzt an. Dieser Mund war an meinen Nippeln, diese Lippen an meiner Klitoris. Soleil zwinkerte ihr zu. Sailor hatte sich noch niemals von einer Frau so angezogen gefühlt, wie sie es bei

Soleil tat. Aber sie war nicht verliebt in Soleil. Sailor stand auf und ging zu den Männern, um zu sehen, was sie taten. Tim grinste sie an. „Dad ist grottenschlecht in diesem Spiel."

Bodhi sah jämmerlich aus. „Er hat nicht unrecht."

Sailor setzte sich auf die Armlehne des Sessels, ihr Arm lag um Bodhis Schultern und sie beobachtete ihr Spiel. Kurz darauf gesellte sich Soleil zu ihnen. „Alles gebucht. Wir fliegen am Donnerstag und bleiben über Nacht im Four Seasons. Unsere Sicherheitsleute werden den Luxus genießen und du wirst zahlen, Bodhi", sagte sie fröhlich. Bodhi zuckte mit den Schultern.

„Meine Mädchen bekommen alles."

Sailor lehnte ihren Kopf an seine Schulter und Bodhi gab Sailor seinen Joystick. „Hier, vielleicht bist du ja bei diesem verdammten Spiel besser."

Soleil setzte sich neben Tim und bald schrien und lachten sie alle durcheinander.

Bodhi küsste Sailor auf die Stirn und starrte auf sie herab.

„Ich liebe dich", formte er lautlos mit den Lippen und sie lächelte.

„Ich liebe dich auch", flüsterte sie und drückte ihre Lippen auf seine.

BAY ZOG Sailor in eine feste Umarmung und drängte sie dann dazu, sich neben ihr Bett zu setzen. Sailor war froh, dass ihre Freundin besser aussah, als sie erwartet hatte, obgleich sie etwas blass war. Ihr Körper wurde schon wieder schlanker. Bay grinste, als sie Sailors forschenden Blick sah.

„Stillen. Die beste Diät der Welt." Bay zuckte leicht zusammen und verlagerte ihr Gewicht mehr auf ihr linkes Bein, da sie auf der Bettkante saß. Sailor drückte ihre Hand.

„Hast du Schmerzen?"

„Ein bisschen. Es hätte um einiges schlimmer sein können." Bay nickte zu ihrem Sohn, der friedlich in seiner Krippe schlief. „Der Alptraum, dass Stu im selben Raum wie Buddy war ... Sailor, ich wäre mit Freuden gestorben, um meinen Sohn zu beschützen. Ich wäre verloren gewesen, wenn Stu es geschafft hätte."

Sailor schluckte. „Ich weiß gar nicht, wo ich anfangen soll, mich bei dir zu entschuldigen und dir zu sagen, wie leid es mir tut. Es tut mir so leid, dass ich dich da mit reingezogen habe, Bay."

„Sei nicht albern. Stu hätte mich sowieso geschnappt. Einige Männer, Gott, *einige* Männer denken, sie haben das gottgegebene Recht zu bestimmen, ob eine Frau lebt oder stirbt. Mistkerle."

Bay klang wütend und verletzt, und Sailors Augen füllten sich mit Tränen.

„Ich weiß. Ich weiß nur nicht, was man tun kann."

Bay rieb unbewusst über ihren Bauch und kaute auf ihrer Lippe. „Ich auch nicht. Diese Aufgabe ist zu groß für uns, Mädchen. Wir müssen nur mit der Situation fertig werden. Ich nehme an, du empfindest genau wie ich – keine Elfenbeintürme und vierundzwanzigstündige Bewachung – dadurch fühlt man sich auch nicht sicherer." Sie seufzte. „Ehrlich, ich bin das alles leid. Ich will einfach für eine Weile mit Tom und den Kindern irgendwohin verschwinden. Kym und Pete brauchen auch dringend eine Pause. Vielleicht sollten wir für ein oder zwei Jahre eine Auszeit nehmen."

Sailor nickte. „Ich weiß, dass es Bodhi gutgetan hat, eine Weile nicht zu arbeiten, es ist also vielleicht gar keine so schlechte Idee. Es ist ja nicht so, dass ihr es euch nicht leisten könntet."

„Genau." Bay lächelte sie an. „Ich war niemals jemand, der berühmt sein wollte. Es war die Musik, die ich liebte, und für Leute zu spielen. Das andere kann mir fernbleiben, der Ruhm, die Presse und die lächerlichen Podeste, auf die uns die Menschen stellen. Wir sind nur Musiker, keine Götter."

Sailor grinste sie an. „Für mich, die auf der anderen Seite steht, seid ihr alle Götter gewesen."

Bay lachte. „Ich kann das nachempfinden. Ich kann mich immer noch nicht daran gewöhnen, Pearl Jam im Schnellwahlverzeichnis zu haben."

Sailors Augen wurden groß. „Wirklich?"

„Wirklich." Tom Meir stand in der Tür und beobachtete sie. Bays Lächeln wurde noch breiter.

„Hey, Baby. Schau, wer hier ist."

Sailors Herz schlug heftig, als sie aufstand, um Tom zu begrüßen, ängstlich, dass er sie zurückweisen würde. Stattdessen wurden seine Augen weich und er umarmte sie.

„Es tut mir so leid, Tom", flüsterte Sailor, als er sie auf die Wange küsste. Tom nickte mit schiefen Grinsen und wandte sich dann an seine Frau.

„Rück zur Seite, Baby", sagte er und setzte sich neben sie, seine Hand auf ihrem Oberschenkel.

„Wie geht es dir heute Morgen?"

Bay lehnte sich an ihn und Sailor tat das Herz weh, als sie die Liebe zwischen den beiden sah. Sie hoffte, dass sie und Bodhi sich genauso anschauen würden, wenn sie erst einmal so lange zusammen waren wie Bay und Tom. Sie stand auf und wollte die beiden allein lassen, aber Bay warf ihr einen empörten Blick zu.

„Was hast du denn vor?"

Sailor lächelte scheu. „Ich will nicht deine ganze Zeit in Anspruch nehmen."

„Mädchen, setz dich. Du bist doch gerade erst gekommen – du hast ja Buddy noch gar nicht richtig kennengelernt. Tom, sag du es ihr."

Tom nahm Sailors Hand."Bleib, Sailor. Es ist noch früh. Bitte bleib."

HEDDA SHAW NAHM die Windeln für Erwachsene und wandte sich um, um den großen Versorgungsraum der Geburtsstation zu verlassen. Sie erschrak, als sie sah, dass jemand auf dem Gang stand. Mit dem Licht im Rücken konnte sie die Gestalt erst nicht erkennen, bis sie sprach.

„Hallo."

Hedda hielt die Hand schützend über ihre Augen. „Soleil?"

Solly lächelte, trat in den Raum und ließ die Tür hinter sich zufallen. „Ich dachte, ich hätte dich gesehen. Ich wusste gar nicht, dass man dich versetzt hat."

Soleil lächelte, aber Hedda hörte die Schärfe in ihrer Stimme. Soleil trat nach vorn und Hedda schluckte schwer. „Ähm, ja, tut mir leid, es war in letzter Minute ... warum bist du hier, Soleil?"

„Ich besuche eine liebe Freundin, Bay Tambe ... kennst du sie?"

Hedda nickte langsam. *Oh scheiße* ... „Natürlich, sie hat gerade ein Baby zur Welt gebracht."

Soleil stemmte ihre Hand in die Hüfte. „Und sie wurde fast umgebracht. Das ist es sicher wert, erwähnt zu werden, nicht wahr? In einem sicheren Krankenhaus ... ich nehme an, dass jemand da nachgeholfen hat, hm?"

„Unglücklicherweise passiert das."

„In einem abgesperrten Flügel?"

Hedda wich ihrem Blick aus. *Sie weiß es* ... Heddas Augen

glitten zu der Box, wo sie die Skalpelle aufbewahrten. Konnte sie eines schnappen, bevor Soleil es tat?

„Das würde ich nicht tun, Hedda." Soleils Stimme war wie Eis. „Also ich finde es seltsam, dass Stuart Lawson dazu in der Lage war, so leicht in Bays Zimmer einzudringen ... und genau kurz nachdem du versetzt wurdest. Zufall? Ich glaube nicht."

Hedda riskierte es und machte einen Satz zu den Skalpellen, aber Soleil war schneller und stärker. Hedda schrie panisch, als Soleil sie mit der Hand an ihrer Kehle an die Wand drückte, und sie anfauchte.

„Du kleine Schlampe ... wie lange arbeitest du schon für Bartholomew Foy? Bevor wir gefickt haben oder erst danach? Wie viel hat er dir dafür bezahlt, dass du Lawson dabei hilfst, Bay umzubringen?"

Hedda schüttelte entsetzt ihren Kopf. „Es tut mir leid ... Es tut mir leid ..."

„Ich scheiße auf deine Entschuldigung. Ich mache mir Sorgen um die Menschen, die ich liebe. Bart Foy wird untergehen, Hedda, und du kannst mit ihm gehen, mit Beihilfe zum Mord, oder du kannst uns helfen. Denn glaube mir, ich werde dich auf keinen Fall mit dem, was du getan hast, davonkommen lassen. Denk darüber nach. Du hast meine Nummer. Und noch eines ... du wirst beobachtet, also versuche erst gar nicht wegzulaufen. Wenn du es doch tust, dann kriegst du es mit mir zu tun."

Soleil lockerte ihren Griff und stolzierte hinaus. Für Hedda sah sie in dem Moment wie ein wunderschöner Racheengel aus, nur das Soleil definitiv nicht auf ihrer Seite stand.

„Scheiße ... Scheiße ..." Hedda sank auf den Boden und zitterte unkontrolliert. Bart Foy hatte ihr unglaubliche Angst gemacht, aber Soleil hatte ihr gerade gezeigt, dass sie auch niemand war, den Hedda zum Feind haben wollte.

Und genau da traf Hedda die volle Erkenntnis darüber, was

sie getan hatte, und ohne eine Wahl zu haben, und ohne eine Ahnung, was sie jetzt tun sollte, fing sie an zu weinen.

S‌AILOR UND S‌OLEIL verließen kurz nach Mittag das Krankenhaus und Soleil bestand darauf, Sailor die Stadt zu zeigen. Sailor liebte die bodenständige und entspannte Atmosphäre der Stadt.

Sie fuhren in die Spitze der Space Needle und genossen den Ausblick über die Olympic Mountains und Mt. Rainier. Sie aßen an einem Stand Chowder und saßen an einem kleinen Tisch auf der Aussichtsplattform.

Sie plauderten leicht dahin, bis Soleils Telefon klingelte. „Hey, hier ist Claudio. *Ciao Fratelli!*"

Sailor lächelte, als Soleil auf Italienisch mit ihm plauderte, so schnell, dass Sailor mit dem bisschen Italienisch, das sie kannte, keine Chance hatte zu verstehen, was sie sagten. Sie konzentrierte sich stattdessen auf ihr Chowder und den unglaublichen Ausblick. Ja, sie konnte sich vorstellen hier zu leben – hier ging es ruhiger zu und es war kühler als in dem schnelllebigen L.A. Sie fragte sich, ob Bodhi wohl hierherziehen wollen würde und stellte sich dieselbe Frage. Abgesehen von der Intensität ihrer Beziehung glaubte sie nicht wirklich, dass sie schon dazu bereit waren, über einen Umzug zu sprechen, der aus einer ihrer Launen entsprang.

Sailor lehnte sich leicht zurück, als ihr klar wurde, dass sie in ihrer Beziehung, abgesehen von seiner Großzügigkeit, alles andere als gleichwertig waren und das nicht nur finanziell. Der Gedanke war niederschlagend. Ich bin dazu gemacht, etwas zu tun ... *etwas*, dachte sie.

„Hey." Soleil hatte das Gespräch beendet. „Du wirst niemals erraten, wo Claudio im Moment gerade ist. Seattle." Sie nickte, als Sailor sie überrascht ansah. „Er hatte ein dringendes Meeting mit Grady Mallory im Kunstmuseum und ist gestern gelandet. Er will wissen, ob wir Lust haben, heute Abend essen zu gehen?"

„Natürlich." Sailor freute sich, denn sie mochte Claudio Fonseca sehr.

Claudio umarmte sie beide, als sie am Restaurant ankamen. Claudios Begleitung, Grady Mallory, beobachtete grinsend, wie sein Freund die beiden begrüßte, und dann stellte Claudio ihm Sailor vor – Soleil war offensichtlich schon mit dem anderen Mann vertraut.

Während des Essens erfuhr Sailor, dass Grady in Seattle geboren war, als ein Teil der sehr reichen und berühmten Mallory Familie, und seit kurzem ein Baby mit seiner Frau Floriana hatte. Er zeigte Sailor ein Foto seiner Tochter. Sie war hinreißend und Sailor sagte ihm das.

„Hast du noch mehr Kinder?"

„Zwei", sagte Grady stolz. „Flori liebt es aus irgendeinem Grund, schwanger zu sein."

Sailor grinste. „Kein Ahnung, aber ihr zwei bringt wunderschönen Nachwuchs zur Welt."

Grady grinste dankbar. Der Rest des Essen verlief lustig und Sailor und Grady beobachteten, wie Claudio und Soleil sich gegenseitig aufzogen auf eine Art und Weise, wie es nur Zwillinge tun.

Später fragte Gardy Sailor über ihre Kunstwerke aus und Sailor sah ihn überrascht an. „Ich habe es ihm gesagt", unterbrach Soleil lächelnd. „Bodhi und ich haben gesehen, zu was sie fähig ist, Grady, auch wenn sie es gut verbergen kann."

Sailor war überrascht. Ja, sie liebte es zu malen und saß am Abend oft da und malte, während Bodhi und Tim am Computer spielten, aber sie hatte nicht bemerkt, dass Soleil sich für ihre Kunst interessierte.

Grady nickte. „Hast du schon einmal von der *The Quilla Chen Mallory Foundation* gehört?"

Sailor schüttelte ihren Kopf.

„Sie wurde nach meiner Schwägerin benannt und mit ihrer Hilfe stehen wir jungen Künstlern helfend zur Seite. Wir suchen im Moment Lehrer für ein Büro in Los Angeles, das wir eröffnen wollen. Wärst du interessiert?"

Sailor wurde rot. „Grady, schau mal, das ist sehr nett, aber ich bin nicht mal ansatzweise dazu qualifiziert. Ich male nur zum Zeitvertreib."

Grady lächelte und zog einen Visitenkarte heraus. „Lass uns in Kontakt bleiben ... vielleicht gibt es ja noch etwas anderes, was du gern tun würdest."

Als Sailor und Soleil von Claudio wieder zum Hotel zurückgebracht wurden, kreisten Sailors Gedanken unaufhörlich um Gradys Angebot. Vielleicht konnte sie ja nützlich sein – und im Moment konnte sie tatsächlich etwas gebrauchen, mit dem sie sich beschäftigen konnte. Plötzlich fühlte sie eine neue Energie in sich – so sehr wie sie Bodhi und ihr gemeinsames Leben auch liebte, sie brauchte etwas, wobei sie selbstständig sein konnte. Wenn ihre Beziehung öffentlich wurde, dann wollte sie in diesem Leben mehr sein als nur Bodhis Freundin.

Sie war so sehr in Gedanken versunken, dass sie nicht bemerkte, wie Soleil telefonierte und Claudio sich zurückfallen ließ, um neben Sailor zu laufen.

„Hey, Kleine, wie gefällt dir Seattle?"

Sie lächelte ihn an. Sie hatte Claudio vom ersten Augenblick an gemocht, seine witzige Seite kam zum Vorschein, wenn er mit seiner Schwester oder Bodhi zusammen war. Sie hatte auch das Gefühl, dass sie mit ihm über alles reden konnte. „Ich liebe es. So wunderschön."

„Weißt du, dass Bodhi hier aufgewachsen ist? Hier haben wir ihn kennengelernt. Unser Vater hat zu der Zeit für Boing gearbeitet, genau wie Bodhis Vater, und sie haben sich angefreundet und in den Ferien waren wir immer alle zusammen."

„Das wusste ich nicht", sagte Sailor lächelnd. „Das ist cool."

„Er ist mein Bruder", sagte Claudio und Sailor erkannte erst jetzt, dass er ihr die 'Tu meinem Bruder nicht weh' Ansprache gab, wenn auch auf eine sehr süße und subtile Art und Weise. Sie stieß ihn mit ihrer Schulter an.

„Keine Angst, Claudio. Ich würde lieber sterben, als Bodhi oder Tim wehzutun. Ihr seid meine Familie und ihr habt keine Ahnung, wie dankbar ich euch allen bin."

Claudio, der offensichtlich mit ihrer Antwort zufrieden war, küsste sie auf die Wange. „Gutes Mädchen. Fall es dir irgendetwas hilft, ich habe Bodhi noch niemals so verliebt gesehen. Es ist schön."

Sailor war gerührt. „Claudio, ich verspreche dir ... wir werden alle miteinander glücklich sein, wenn es nach mir geht."

S IE HATTE keine Ahnung wie schnell dieses Versprechen gebrochen werden würde.

„B ART F OY IST ÄUSSERST RUHIG GEWORDEN", verkündete Bodhi ein paar Wochen später beim Frühstück. „Die Polizei hat ihn wegen Stuart Lawson abgeklopft, aber er hat seine Spuren sehr gut verwischt."

Sailor sah ihn unglücklich an. „Das überrascht mich nicht."

Soleil löffelte den letzten Rest ihres Joghurts. „Woher weißt du das alles?"

„Ich habe eine Kontaktperson."

Soleil grinste. „Dachte ich es mir doch."

Bodhi grinste zurück aber Sailor blieb ernst. „Wenn er still wird, dann fange ich an Panik zu bekommen", sie sprach leise, damit Tim, der herumlief und seinen Rucksack für die Schule packte, sie nicht hören konnte. „Damals in der Gemeinschaft hat es bedeutet, dass jemand über die Stränge geschlagen hatte und schlimme Zeiten anbrachen. Dunkle Zeiten." Sie war nahe daran zu weinen und Bodhi streichelte ihre Wange.

„Was ist los?"

Sailor schüttelte ihren Kopf. "Nur ein ... versteckter Feind, weißt du? Es ist schwer, mit ihnen Schritt zu halten."

„Mit wem?" Tim hatte sich, ohne das Sailor es bemerkt hatte, zu ihnen gesellt und eine Sekunde lang kämpfte sie um eine Antwort.

„E-Mails", sprang Soleil rettend ein und wuschelte Tim durch die Haare. „Komm Kleiner. Lass uns losziehen."

Sailor sah sie dankbar an und Solly zwinkerte ihr zu. „Ich habe ein Meeting, nachdem ich Tim zur Schule gebracht habe und ihr zwei seid für eine Weile allein. Um zu, ähm, arbeiten, wisst ihr?"

Sie zwinkerte beiden zu und lachte, als sie das Haus mit ihrem jungen Schützling verließ.

„Tschüss, ihr zwei Hübschen!"

„Tschüss, du Irre", rief Bodhi ihr hinterher und Sailor lachte und fühlte, wie sich ihre Stimmung wieder besserte.

Als sie allein waren, beugte sich Bodhi nach vorn, um Sailor zu küssen. „Sails, ich habe mir überlegt ... dass es für mich vielleicht an der Zeit ist, wieder an die Arbeit zu gehen. Neue Sachen aufzunehmen, mit der Presse zu sprechen und ich dachte, dass wir vielleicht zwei Fliegen mit einer Klappe schlagen könnten."

„Was meinst du?"

„Ich denke, wir sollten mit unserer Beziehung an die Öffentlichkeit gehen."

Sailor starrte ihn sprachlos an. „Warum?"

„Je mehr Bart Foy realisiert, dass du beschützt bist, dass du geliebt bist, desto kleiner ist das Risiko, dass er dir nachstellt. Er denkt, dass du unbekannt genug bist, dass er - und ich hasse es, diese Worte auszusprechen – dass er dich umbringen könnte und alle würden nur denken, dass du eine nichtssagende Frau bist, die in dieser Stadt ermordet wurde. Gott allein weiß, wie viele Menschen jeden Tag einfach so spurlos verschwinden, besonders junge Frauen. Hier könnte mein Ruhm ausnahmsweise einmal nützlich sein. So wie ich es sehe, wird Bart Foy es nicht riskieren, als Mörder oder Scharlatan bloßgestellt zu werden. Das soll jetzt nicht egoistisch klingen und natürlich bist du weitaus mehr als meine Geliebte, aber Bodhi Creeds Freundin zu sein gibt dir automatisch den Schutz der Öffentlichkeit. Wir sind unantastbar."

Sailor dachte darüber nach. „Auf der anderen Seite", sagte sie, „könnte Bart aber auch denken, dass ich ihn großflächig bloßstellen will, und er könnte mich deshalb erst recht jagen."

Bodhis Lächeln verblasste und er seufzte. „Gott, Sails, wenn ich ihn nur in die Hände bekommen könnte."

Sie streichelte seine Gesicht. „Ich weiß, Baby. Und ich denke, du hast recht, zumindest können wir es in Betracht ziehen, denn ich habe eine Idee. Wenn ich vielleicht ein Interview mit dir geben und klarmachen könnte, wo ich herkomme, ohne Namen zu nennen, und was ich gesehen habe. Bart wird dann davon ausgehen, dass ich bereit und willens bin, über ihn zu sprechen. Er wird vielleicht in Panik geraten. Er könnte eventuell einen Fehler machen und dann haben wir ihn."

Bodhi sah unglücklich aus. „Dich selbst als Köder zu benutzen ist keine Lösung."

„Wir müssen das nutzen, was wir haben, Bodhi. Bis die Bedrohung durch Bart Foy vorüber ist, werde ich mich niemals wirklich frei fühlen. Frei sein. Ich habe keine Lust, dass für immer eine Todesdrohung über mir schwebt."

Bodhi nahm sie in die Arme. „Ich weiß. Ich weiß." Er seufzte und drückte seine Lippen auf ihre Schläfe.

„Wir werden uns etwas einfallen lassen. Wir werden uns *irgendetwas* einfallen lassen."

Sie hob den Kopf für einen Kuss. „In der Zwischenzeit denke ich über Grady Mallorys Angebot nach."

Bodhi sah sie überrascht an. „Tust du das? Das freut mich zu hören."

„Ich denke immer noch nicht, dass ich die Richtige bin, um Kunst zu lehren", sagte sie und setzte sich neben ihn auf die Couch. „Aber ich weiß, wobei ich gut bin, und das ist organisieren, Termine machen und der ganze langweilige Kram." Sie grinste Bodhi an. „Ich weiß, dass es dir ein Dorn im Auge ist, aber es gibt mir ein Gefühl der Kontrolle. Wenn die Stiftung eine Zweigstelle in Los Angeles eröffnet, dann brauchen sie jemanden dafür."

Bodhi lächelte über ihren Eifer. „Ich sehe schon, dass du mehr bist als nur eine Bürotante, Sailor."

„Nun, vielleicht könnte ich mich um die Wohltätigkeitsveranstaltungen kümmern, Feste organisieren, oder Werbung machen ... irgend so etwas. Ich habe nicht viel Erfahrung bei irgendetwas, wie du weißt." Sie grinste über sein verruchtes Lächeln. „Außer vielleicht bei manchen Dingen, Mr. Creed, bei denen ich langsam zum Experten werde."

„Dem würde ich zustimmen."

Beide lachten. „Schau, ich wollte eine ernsthafte Unterhaltung über eine mögliche Karriere führen und du fängst schon wieder mit Sex an."

Bodhi lachte laut. „DU hast mit dem Sex angefangen, du kleine Verführerin."

Sie kuschelte sich in seine Arme. „Was hast du heute vor? Studioaufnahmen?"

Seine Finger glitten über ihre Wirbelsäule. „Ich wollte ins Aufnahmestudio gehen, aber nicht zum aufnehmen."

„Oh?"

„Ich wollte meine Freundin mitnehmen und sie auf dem Mischpult besinnungslos ficken."

Sailor kicherte. „Oh, wolltest du das, hm?"

„Oh ja. Nun, zuerst einmal würde ich sie langsam ausziehen, mein Gesicht in ihrem Geschlecht vergraben und sie lecken, bis sie kommt ..."

Sailor wurde heiß bei seinen Worten und sie sah in seine grünen Augen und er rieb seine Lippen an ihren. „Dann", fuhr er mit leiser, sinnlicher Stimme fort, „Würde ich ihre Beine spreizen und meinen Schwanz so fest in sie stoßen, dass sie laut meinen Namen schreit und nur die Schalldämpfung des Raumes ihre Schreie dämpfen würde ..."

Sailor stöhnte leise. „Berühre mich, Bodhi Creed."

Bodhi schob ihr Oberteil nach oben und nahm einen ihrer Nippel in den Mund, während seine Finger unter ihren Hosenbund glitten und ihre Klit massierten.

„Du wirst ganz nass, Baby."

Sailor antwortet mit einem Stöhnen und Bodhi rollte sie auf den Teppich und zog ihr die Hose und Unterhose aus. „Das ist aber nicht das Aufnahmestudio", kicherte Sailor, als er ihren Bauch küsste und sie kitzelte, so dass sie lachend aufschrie.

„Das Studio läuft nicht weg", sagte er rau, schlang ihre Beine um sich und stieß seinen Schwanz in sie. Sailor seufzte glücklich, als sie sich liebten. *Vielleicht. Vielleicht hat Bodhi recht. Vielleicht sind wir unantastbar ...*

In den nächsten paar Stunden würde sie auf die schmerzlichste Art erfahren, wie falsch beide damit lagen.

. . .

"Das ist schon wieder der falsche Text", beschwerte sich Tim und Soleil rollte mit den Augen und rief sich den Text zu dem Lied, das sie beide sangen, noch einmal ins Gedächtnis. Wie üblich war der Verkehr in Los Angeles wieder einmal ins Stocken geraten und es war schon kurz vor neun. Tim schien es nichts auszumachen, zu spät zu kommen, aber sie fühlte sich, als wäre sei eine schlechte Tante, also verließ sie das Haus lieber ein paar Minuten früher, nur um jetzt von einem Unfall aufgehalten zu werden.

"Verdammt", sagte sie und fluchte in Tims Gegenwart. Auch das ließ sie sich wie eine schlechte Tante fühlen. Sie warf Tim einen Blick zu. Er war so anders als der schüchterne Junge, den sie vor fast einem Jahr getroffen hatte, er war unter Bodhis, Sailors und ihrer eigenen Fürsorge aufgeblüht. "Hey Kleiner, hast du diese Woche schon mit deiner Mutter gesprochen?"

Tim nickte. "Sie sagt, dass sie sich jetzt viel besser fühlt. Ich habe auch mit Evan gesprochen."

"Hast du? Das ist gut."

"Ja, ich habe es aber nicht Papa erzählt. Ich glaube, er mag Evan nicht."

Soleil lächelte Tim an. "Er kennt ihn einfach nicht, Kumpel. Ich glaube, dein Dad ist einfach ein bisschen eifersüchtig, dass Evan dich so viele Jahre lang bei sich hatte."

"Okay. Aber das ist nicht Evans Schuld."

"Nein, das ist es nicht. Aber auch nicht die deines Vaters, es ist nun einmal so."

Tim schwieg eine Weile. "Ich denke, es ist die Schuld meiner Mutter. Ich bin ein bisschen sauer auf sie."

Soleil schüttelte den Kopf. "Nein, Timbo. Manchmal treffen wir Entscheidungen, von denen wir denken, dass sie in dem Moment die Besten sind. Deine Mama hat eine Entscheidung getroffen. Ob es nun die beste war oder nicht, es war ihre Entscheidung. Das ist alles, was man tun kann."

„Ich will nicht wieder zu ihr zurück."

Das schockierte Soleil und sie schluckte einen Kloß den sie im Hals hatte. „Warum nicht?"

„Weil ... ich denke, dass ich sie traurig mache. Deshalb ist sie weggegangen."

Tims Worte brachen Soleil das Herz. „Nein, Süßer, du hast sie nicht traurig gemacht. Und sieh es mal so, weil deine Mama traurig war - und das passiert uns allen von Zeit zu Zeit, hast du deinen Vater und Sailor und mich kennengelernt. Und deine Großmutter und Claudio und Tag natürlich auch."

Tim lächelte bei der Erwähnung des Namens seines Hundefreundes in Italien. „Ich möchte gern einen Hund."

„Sprich mit deinem Vater, ich bin mir sicher, dass er dir einen schenkt."

Tim nickte glücklich. „Ich mag es mit Dad, Sailor und dir zusammenzuleben. Bleibst du für immer bei uns?"

Soleil grinste ihn gerührt an. „Sicher, dass du das willst? Weißt du, diese Pop Tarts, die gefehlt haben, das war ich."

Tim lachte. „Ich wusste, dass jemand sie gestohlen hatte!"

Soleil lenkte den Wagen frustriert aus dem Stau. „Timbo, ich verlasse jetzt die Straße und versuche einen anderen Weg. Dadurch werden wir etwas später kommen, aber nicht so spät wie wenn wir hier stehen bleiben. Okay?"

„Sicher."

Soleil lenkte den Wagen in die Ausfahrt und bemerkte nicht den schwarzen SUV, der ihnen folgte. Sie fuhren eine Weile durch ein paar Nebenstraßen, bis sie nur noch ein paar Häuser von Tims Schule entfernt waren.

„Was hast du denn heute alles, und ..."

Soleil kam nicht dazu, ihren Satz zu beenden, da sie plötzlich von dem Schwarzen SUV seitlich gerammt wurden. Er drängte ihren Wagen in eine Ecke und rammte sie immer wieder und hörte erst auf, als Soleil und Tim bewegungslos waren. Dann wurde Tims Tür aufgerissen und ein großer Mann griff nach ihm. Tim fing an zu schreien und Soleil versuchte sich schreiend aus ihrem Sitz zu befreien, als sie ergriffen und von jemanden, der auf den Rücksitz gesprungen war, im Sitz festgehalten wurde. Eine Hand legte sich über ihren Mund. Ein großer Mann zog Tim zu Soleils Tür und hielt Tims Kopf so, dass er sie direkt ansah.

„Und jetzt schau gut zu, Timmy. Schau, was passiert, wenn du mir nicht gehorchst."

Soleil war bewegungsunfähig und sah, wie Udo auf den Beifahrersitz glitt. In seiner Hand war ein Messer. Soleil versuchte sich zu befreien, als Udo ihr Shirt aufschnitt, und biss verzweifelt in die Hand, die auf ihrem Mund lag. Als der Mann hinter ihr fluchte, wandte sie sich an Tim. „Schau nicht hin, Tim, schließ deine Augen."

Bart Foy lächelte sie an. „Nein, schau hin, Timmy ... das wird lustig."

Udo stach immer wieder auf Soleil ein, während Tim schrie. Solly schnappte nach Luft, als das Messer immer wieder in ihren Bauch eindrang, und Udo lächelte die ganzen Zeit, bis Bart ihm sagte, dass er aufhören solle. Bart übergab den hysterisch schluchzenden Tim an seinen Wachmann und ging zu der sterbenden Frau. Soleil stöhnte und aus ihren Wunden strömte kostbares Blut. „Wenn du lange genug lebst, schönes Mädchen, dann sag Sailor, dass das dem Sohn ihres Liebhabers oder aber ihr passieren kann. Sie hat die Wahl."

Bart ließ seinen Finger über Soleil Gesicht gleiten, während sie verblutete. „Eine Schande. Was für eine hübsche Frau." Er sah Udo an, der ihm das Messer gab, und mit einer brutalen Bewegung stieß Bart das Messer ein letztes Mal in Soleils Bauch. Sie erbrach einen Blutschwall und hörte, wie sich Tims Schreie entfernten.

Soleil war jetzt allein, ihre Hände waren frei, und sie wusste, sie würde sterben. Sie legte die Hände über die Wunden an ihrem Bauch und warf sich aus dem Auto auf den heißen Asphalt und versuchte auf sich aufmerksam zu machen, in der verzweifelten Hoffnung ihre Nachricht zu übermitteln, bevor sie starb. Sie hörte Stimmen, Sirenen und das Geräusch von Menschen, die ihr zu Hilfe eilten. Sie hatte unvorstellbare Schmerzen.

Es ist zu spät ... es ist zu spät. Ich bin tot ...

Als der erste Helfer sie erreichte, zog sie seinen Kopf zu sich herab und wiederholte, was Bart ihr gesagt hatte. *Sag ihnen ... sag ihnen das es mir leid tut ... Bodhi ... Sailor ... Tim ... rettet Tim ...*

„Jesus, Jesus", der Radfahrer beugte sich über die verblutende Frau auf der Straße und versuchte erste Hilfe zu leisten. Eine weitere Frau eilte herbei. „Ich habe 911 angerufen."

Der Radfahrer versuchte die Frau wiederzubeleben, während die Frau Sauerstoff in die Lungen des Mädchens blies. Sie sagte ihm, er solle für einen Moment aufhören, fühlte den Puls und schüttelte den Kopf. „Sie ist weg. Sie ist weg."

Ein Polizeiauto hielt an und zwei Polizisten kamen herbeieilt. Der Radfahrer schüttelte zitternd seinen Kopf. „Sie ist tot."

Einer der Polizisten starrte eindringlich auf Soleils toten Körper und fluchte dann laut. „*Scheiße.*"

„Was?"

„Das ist die Freundin von Bodhi Creed. Jesus Christus, das ist seine Freundin."

Der andere Polizist sah geschockt aus. „Verdammt, melde es. Und irgendjemand muss zu Bodhi Creeds Haus fahren. Das wird überall in den Nachrichten sein."

Als der erste Polizist den Mord gemeldet hatte und Soleils Auto inspizierte, wurde er blass. „Gott ... schau." Er hielt die

Schultasche eines Kindes hoch. „Sie hatte ein Kind im Auto ... wo ist das Kind? *Wo ist das gottverdammte Kind?*"

BODHI UND SAILOR saßen auf der Couch und waren zu geschockt und verstört, um ein Wort herauszubringen. Der Polizist sah sie eindringlich an. „Haben Sie verstanden, was ich gesagt habe?"

Bodhi wandte ihm seine schmerzerfüllten Augen zu. „Soleil ist tot ... und mein Sohn wird vermisst. Vermisst."

Der Polizist, Jim Wallis, nickte. „Es ist scheinbar gerade erst passiert und wir sammeln alle Informationen. Bevor sie starb, hat Ms. Fonseca einem Zeugen gesagt, dass sie eine Mitteilung für Sie habe, Miss King. Etwas wie: Das wird dem Jungen passieren oder dir. Deine Wahl." Verstehen Sie das?"

Sailor nickte. Sie erklärte alles über ihre Flucht von Bartholomew Foy und dem Kult, wie Bay Tambe hineingezogen wurde und jetzt Solly. *Oh Gott, Solly, es tut mir leid ...* „Er liebt es, Frauen zu ermorden. Das ist das Schlimme. Er will mich umbringen. Darum hat er Tim, damit ich zu ihm komme." Sie wandte sich an Bodhi. „Bodhi ... Ich *muss* zu ihm gehen. Das ist Tims einzige Chance."

„Nein." Beide, Bodhi und Jim Wallis, schüttelten vehement ihren Kopf.

„Das steht nicht zur Wahl, Miss King", fuhr Jim Wallis fort, als Bodhi sein Gesicht in seinen Händen vergrub. „Wir werden Tim finden. Ich verspreche es."

„Sie kennen Bart nicht", sagte Sailor verzweifelt. „Er ist nicht menschlich, hat keine Moral und seine Leute sind überall. Er hat wahrscheinlich auch jemanden bei der Polizei."

„Das bezweifle ich nicht", sagte Jim grimmig. „Aber ich kann mit Sicherheit versprechen, dass er damit nicht davonkommt."

Sein Handy klingelte und er entschuldigte sich. Bodhi legte seinen Arm um Sailor. „Soleil ist tot." Seine Stimme brach und er lehnte seinen Kopf an sie. „Und mein Sohn ... Gott ..."

Sailor stiegen die Tränen in die Augen. „Ich fasse es nicht", flüsterte sie. „Es tut mir so leid Bodhi. Wenn ich nicht ..."

„Beende den Satz erst gar nicht", sagte er mit geschlossenen Augen. „Ich könnte ohne dich nicht leben, Sailor. So wird es enden: Bart Foy wird in die Knie gezwungen."

Sailor nickte. „Sogar wenn es mich alles kostet, Bodhi, ich werde versuchen Tim wieder zu dir zu bringen."

Bodhi öffnete seine Augen und starrte sie an. „Wir machen das gemeinsam, okay? Wage es ja nicht, dich zu opfern. Bart Foy wird niemanden mehr umbringen." Er schüttelte ungläubig seinen Kopf. „Ich muss Claudio anrufen und es ihm erzählen. Wie zur Hölle soll ich das tun?"

Kurze Zeit später kam Jim Wallis zurück. „Mr. Creed ... es tut mir leid, dass ich das fragen muss, aber wir brauchen jemanden, der Ms. Fonsecas Körper identifiziert."

Bodhi nickte, alle Farbe war aus seinem Gesicht gewichen. „Natürlich. Ich muss ihren Bruder anrufen, ich glaube, er ist noch hier in Seattle ... er wird kommen und ihren Körper mitnehmen wollen, sobald die Gerichtsmediziner ihn freigeben."

„Natürlich. Wir lassen ein paar Leute zum Schutz hier und um die Presse fernzuhalten. Jemand muss sie angerufen haben, kurz nachdem es passiert ist. Draußen sind ein paar Journalisten, aber wir halten sie vom Tor fern. Würden Sie mit uns kommen, Mr. Creed, bevor es noch mehr werden?"

Sailor sagte ihm, dass sie im Haus auf ihn warten würde, und er ging davon, um sich einen Pullover anzuziehen. Sailor nahm Jim Wallis beiseite. „Wie ist sie gestorben, Mr. Wallis? Sagen Sie es mir bitte. Bart ... er hat eine favorisierte Methode."

Jim Wallis zögerte und seufzte dann. „Auf Ms. Fonesca wurde mehrmals eingestochen, Miss King."

„In den Bauch?"

Er nickte und Sailor seufzte. „Ja. Das ist Barts Handschrift. Das ist es, was ihn anmacht. Ich hoffe nur bei Gott, dass Tim es nicht gesehen hat."

„Das hoffe ich auch."

BODHI STARRTE in das Gesicht seiner geliebten Freundin. Im Tod war Soleil immer noch schön, aber ihr Strahlen, ihr Licht, ihr Humor, ihre Energie ... jetzt wusste Bodhi, was das Wort 'auslöschen' wirklich bedeutete. Sie lag nackt unter einer mit Blut vollgesogenen Decke. Der Gerichtsmediziner hatte noch nicht die Zeit gehabt, ihre Wunden zu säubern, aber es war offensichtlich, wo sie gestochen wurde, wie unglaublich brutal sie ermordet wurde.

„Gott, Solly, es tut mir so leid", flüsterte er wieder und wieder. Ihre Augen waren geschlossen und Bodhi verstand nicht, dass er sie nie wieder lachen sehen würde. Wie konnte ausgerechnet Soleil tot sein? *Lustige, kluge, sexy, warmherzige Solly.* Seine Tränen tropften auf ihr Gesicht, als er ihre kalte Stirn küsste, und er hörte, wie der Gerichtsmediziner hustete. Jim Wallis berührte seinen Arm.

„Es tut mir leid, Mr. Creed, aber Sie wissen ja ... die Beweise."

Bodhi nickte. „Natürlich." Er schüttelte seinen Kopf, immer noch unfähig zu glauben, dass Soleil tot war. Er wandte sich an Jim Wallis. „Wir müssen Claudio Fonseca anrufen, bevor die Presse es in den Nachrichten bringt."

SIE KAMEN ZU SPÄT. Sailor nahm den Anruf von einem fast hysterischen Claudio an, der sie anschrie, dass es ihre Schuld sei.

Soleil war tot und warum zur Hölle hatten sie ihn nicht sofort angerufen und wie konnte seine geliebte Schwester überhaupt *tot* sein?

Sailor schluckte alles, jedes böse Wort und hatte das Gefühl, dass sie es verdiente. Endlich, als Claudio, der immer noch schluchzte, sich etwas beruhigt hatte, bat er darum, mit Bodhi sprechen zu können. „Er ist nicht hier, Claudio ... er ist bei der Gerichtsmedizin ... identifiziert Sollys Körper."

Noch ein Schwall italienischer Flüche und böser Worte. Sailor wartete, bis er fertig war, und fühlte sich, als wäre sie nicht in ihrem eigenen Körper. Betäubt. „Claudio, Tim ist verschwunden. Sie haben Tim mitgenommen. Wenn du denkst, dass du der Einzige bist, der mich dafür verantwortlich macht, dann liegst du falsch."

Das Telefon war plötzlich tot. Sailor legte ihr Handy vorsichtig ab, wappnete sich und schaltete das Fernsehen ein. Und wie sie erwartet hatte, war Soleils Mord die Hauptschlagzeile auf jedem Kanal. Eine Foto von Bodhi Creeds toter Freundin blitzte auf, zusammen mit einem Bild von Tim.

Sailor wurde erst jetzt klar, dass sie über den Schock jemanden vergessen hatten. Jemanden, der, wenn er gerade Fernsehen schaute, in Hysterie ausbrechen würde. Tims Mutter, Gemma.

Mit zitternden Beinen ging Sailor los, um einen Polizisten zu finden. Es gab eine Menge Lärm an der Eingangstür und für einen schrecklichen Moment dachte Sailor, dass die Presse hereingekommen war. Einen Moment später kam ein gut gekleideter Mann mit kurzem, braunem Haar und einem freundlichen aber ernsten Gesicht auf sie zu.

„Miss King?"

Sailor nickte und warf dem Polizisten, der hinter dem Neuankömmling stand, einen fragenden Blick zu und er nickte.

Der Besucher bemerkte ihr Zögern und griff in seine Tasche, um seinen Ausweis herauszuholen.

„Miss King, meine Name ist Evan Teal, ich bin ein FBI Agent und ..."

Sailor sah die Schmerzen in seinen Augen und wusste sofort, wer er war. „Und der Mann, der Tim aufgezogen hat."

Evan Teal nickte und Sailor tat das Einzige, was sie in dieser Situation für richtig hielt. Sie umarmte ihn.

Evan erwiderte die Umarmung fest. In dieser Situation waren sie eine Familie, auch wenn sie sich noch niemals zuvor getroffen hatten. Als sie voneinander ließen, führte Sailor ihn zur Couch und setzte sich neben ihn. Evan fuhr mit der Hand durch seine kurzen, braunen Locken. „Sailor, bitte erzähl mir alles. Alles. Ich habe Gemma angerufen, sie ist auf dem Weg hierher, also lass alles heraus."

SAILOR HATTE sich gegen eine Menge Wut, die auf sie zukommen würde, gewappnet, aber als Claudio und Gemma gleichzeitig eintrafen, wurde ihr klar, dass sie sie unterschätzt hatte. Die Trauer und die Wut waren überwältigend und komplett auf sie gerichtet, so sehr, dass sie zu dem Zeitpunkt, als Bodhi nach Hause kam, in die Ecke gedrängt war und unter der Wucht ihrer Anschuldigungen zusammenzuckte.

„Was zur *Hölle* ist hier los?"

Bodhi schob Claudio und Gemma aus dem Weg und stellte sich vor Sailor.

„*Genug!*"

Claudio und Gemma wurden still. Bodhi drehte sich zu Sailor um. „Bist du okay, Baby?"

Sie nickte, viel zu erschüttert, um zu sprechen. Bodhi drehte sich wieder zu seinem Freund und der Mutter seines geliebten Tims um.

„Hört auf", sagte er weich. „Ihr beide. Das ist nicht Sailors Schuld. Das ist die Arbeit eines sehr, sehr kranken Mannes. Claudio, ich weiß gar nicht, wo ich anfangen soll dir zu sagen, wie leid es mir tut ... Soleil hat das nicht verdient. Sie wurde ermordet, weil ich dummerweise dachte, dass sie und Tim in Sicherheit wären, dass Sailor die Einzige sei, die sich in Gefahr befindet. Ich hätte darauf bestehen sollen, dass sie einen Bodyguard mitnehmen, aber soweit ich es verstanden habe, wurden sie von einer ganzen Meute angegriffen."

„Und mein Sohn?" Gemmas Stimme brach.

„*Unser* Sohn ... unser Sohn wurde entführt, ja. Aber ich glaube, dass er am Leben ist. Bart Foy will Sailor, also wird er Tim am Leben erhalten, solange er sie noch nicht hat."

Gemma lächelte ihn spöttisch an. „So? Gib sie ihm, was bedeutetet sie mir schon? Was ist sie schon wert, wenn Tims Leben davon abhängt?"

Sailor schloss ihre Augen. *Nichts, ich bin nichts wert.*

Als Bodhi sprach, war der Stahl in seiner Stimme nicht zu überhören. „Sie ist die Liebe meines Lebens, Gemma. Genau wie Tim. Rede niemals, niemals wieder so über Sailor. Hast du mich verstanden?"

Gemma wandte sich ab und Evan Teal betrat den Raum. „Evan!" Sie flog quer durch das Zimmer in seine Arme. Evan schien sich dabei nicht wohlzufühlen und warf Sailor und Bodhi über Gemmas Schulter hinweg einen kurzen Blick zu. Als Gemma ihn losließ, trat er nach vorn und reichte Bodhi seine Hand. „Evan Teal."

Bodhi schüttelte sie. „Bodhi Creed. Danke, dass du gekommen bist, Evan. Danke, dass du dich um ..." Seine Stimme brach und Sailor ging zu ihm und ignorierte dabei Claudios lauernden Blick. Sie streichelte Bodhis Rücken und er schlang seine Arme um sie und vergrub sein Gesicht in ihrem Haar. Sie spürte, wie die leisen Schluchzer seinen Rücken beben ließen.

„Okay", sagte Evan nach ein paar Minuten ruhig. „Beruhigen wir uns alle erst einmal und denken dann über das Problem nach. Wollen wir uns setzen?"

Sie wollten sich gerade setzen, als ein anderer Polizist hereinkam und die Fernbedienung nahm. „Sie sollten das sehen."

Er schaltete den Fernseher ein und sofort war ein Bild von Soleil, die blutend auf dem Asphalt lag, zu sehen. Claudio brach zusammen, schlug Bodhis Hand beiseite, während sie entsetzt zuhörten, wie der Nachrichtensprecher von dem Mord und der Entführung berichtete. Ein Bild von Tim, offenbar aus einiger Entfernung vor seiner Schule aufgenommen.

„Woher zur Hölle haben die das?"

Bodhi war wütend, aber einen Moment später war noch etwas viel Entsetzlicheres zu sehen. Ein Video, aufgenommen aus einem seltsamen Winkel, über einer vertrauten Szene. Drei Menschen. Im Bett.

Sailor schnappte entsetzt nach Luft, als die Nachrichten Millionen von Fernsehzuschauern zeigten, wie sie ekstatisch von Soleil und Bodhi gefickt wurde.

Für einen langen Moment waren alle wie erstarrt ... dann stürzte Claudio sich auf Bodhi.

SAILOR SASS im dunklen Gästehaus und beobachtete, wie Claudio und Bodhi heftig miteinander diskutierten. Nachdem Claudio das Video seiner geliebten Schwester gesehen hatte, wie sie Sex mit seinem Freund und der Frau, die er für ihren Tod verantwortlich machte, hatte war er ausgerastet, schlug auf Bodhi ein, der es einfach so hinzunehmen schien. Nachdem Evan und ein weiterer Polizist Claudio von ihm weggezerrt hatten, war Bodhi einfach aufgestanden und hatte sich zu ihr umgedreht. „Geh und warte im Gästehaus, Baby. Du musst das hier nicht hören."

Sie war geflohen und jetzt fühlte sie sich hundeelend. *Gott, war es das wert? All dieser Schrecken, diese Schmerzen?* Sailor zog ihre Knie an ihre Brust und legte ihren Kopf darauf. Wie zur Hölle sollten sie Tim zurückbekommen, wenn sie, Sailor, sich weiterhin versteckt hielt? Sie sah keine Möglichkeit.

Nimm mich, sagte sie in Gedanken zu Bart, *komm nimm mich, töte mich und lass sie alle in Ruhe.*

Vor ihren Augen stand das Bild von Soleil, der wunderschönen, einmaligen Soleil – erstochen. *Das hätte ich sein sollen.* Sie schrak zusammen, als ein Handy klingelte, und runzelte die Stirn. Ihr eigenes Handy war im Haus und es gab hier kein Festnetz. Sailor stand auf und versuchte dem Geräusch nachzugehen und das Telefon zu finden. Sie lief herum, bis sie beim Bücherregal ankam. Sie zog einen schweren Othello Band heraus und öffnete ihn. Das Buch war hohl und darin befand sich ein klingelndes Handy. Sie nahm den Anruf an.

„Mein Liebling Sailor."

Ihr Blut gefror ihr in den Adern, als sie Barts Stimme das erste Mal seit einem Jahr wieder hörte. Eiskalte Schauer liefen ihr den Rücken hinunter, ihr Magen zog sich zusammen und ihr Herz raste.

„Du Bastard. Wo ist Tim? Was hast du mit ihm gemacht?"

Bart lachte leise. „Ihm geht es gut ... er ist ein bisschen, nun, wie soll ich sagen, ein bisschen bedrückt, ein bisschen traumatisiert. Es war das erste Mal, dass er einen Mord gesehen hat."

Sailor schnürte es die Kehle zu und ihre Knie wurden weich. Sie sank zu Boden. „Du hast ihn dabei zusehen lassen, wie du Soleil umgebracht hast? Du ..." Sie fand keine Worte.

„Was für eine schöne Frau ... was für ein Vergnügen sie umzubringen. Jetzt brich mir bitte nicht zusammen, Sailor, du musst mir zuhören. Setz dich auf die Couch."

Er beobachtete sie. Natürlich. So waren sie an das Filmmaterial von ihr, Bodhi und Soleil gekommen. Sie sah sich im Zimmer um und Bart lachte. „Hallo hübsches Mädchen. Ja Sailor, ich kann dich sehen. Ich beobachte dich jetzt schon seit Monaten, wie du diesen schleimigen Rockstar fickst und die jetzt tote Hure. Schön, schön, schön ... du hast die Regeln gebrochen, Sailor. Du hast genommen, was mir gehört. Du musst bestraft werden."

Sailor ging in die Ecke des Zimmers und kauerte sich nieder, damit die Menschen im Haupthaus ihre Verzweiflung nicht sahen. „Bitte ... Bart, tu Tim nicht weh. Ich flehe dich an. Tu ihm nicht weh."

„Sailor, du hast mein Wort, dass ich dem Kind nichts tun werde ... wenn du genau das tust, was ich dir sage. Wenn du zu mir kommst."

„Alles, alles. Bitte ... sag mir einfach, was ich tun soll."

Bart lachte leise. „Das ist mein Sailormädchen. Also hör zu ..."

Nachdem ein immer noch wütender Claudio gegangen war, um den Körper seiner Schwester anzuschauen und Vorbereitungen zu treffen, brachte Evan, den Bodhi sehr schnell mögen gelernt hatte, eine verzweifelte Gemma zu ihrem Hotel. „Ich komme morgen früh zurück, Bodhi, wenn ich darf. Ich möchte so viel helfen, wie ich kann."

Bodhi schüttelte seine Hand und erwiderte seinen Blick. „Danke Evan. Nicht nur für heute, sondern auch dafür, dass du meinen Sohn zu einem guten Mann erzogen hast. Ich kann dir niemals genug danken."

Evan lächelte scheu. „Ich liebe Tim und es war mir ein Vergnügen. Ich bin froh, dass ihr euch so gut versteht. Er liebt dich, Bodhi, ganz ehrlich."

Bodhi versuchte die Tränen zurückzuhalten, schaffte es aber nicht. „Danke, Evan."

„Wir werden ihn heil zurückbringen, Bodhi, und wenn es das Letzte ist, was ich tue. Das schwöre ich dir."

Bodhi nickte, brachte aber kein Wort heraus. Nachdem alle gegangen waren und Gemma sich immer noch weigerte mit Bodhi zu sprechen, ging Bodhi zum Gästehaus und fand Sailor, die mit gehetztem Blick zusammengerollt auf der Couch lag. Bodhi setzte sich neben sie und schlang seine Arme um sie. „Nun, mein schönes Mädchen ... jetzt heißt es abwarten. Das FBI will warten, bis Bart sich meldet. Wir wissen ja, was er will, aber das wird er nicht bekommen."

Sailor schwieg und vergrub ihr Gesicht an seinem Hals. Bodhi spürte, dass sie zitterte. „Versuche nicht zu sehr darüber nachzudenken, was Claudio und Gemma zu dir gesagt haben, sie haben es aus der Trauer und dem Entsetzen heraus gesagt."

„Sie hatten recht. Das ist alles meine Schuld."

„Nein", sagte Bodhi scharf und zwang sie dazu, ihn anzusehen. „Das ist es nicht. Es ist das Werk eines verrückten Mannes, eines Psychopathen. Du hast nichts Verkehrtes getan, hörst du? Ich würde nicht eine Sekunde der Zeit ändern, die ich mit dir verbracht habe. Und auch nicht Tim und auch nicht Soleil. Ich liebe dich so sehr, Sailor, du bist meine Welt, genau wie Tim es ist und Soleil es war. Gott."

„Es tut weh, ihren Namen in der Vergangenheit zu hören", sagte Sailor mit brechender Stimme. „Ich kann es nicht glauben, dass sie tot ist. Als ich das Foto von ihrem Körper gesehen habe ... Bodhi, es war, als würde ich die ganzen Bilder von Tilly wiedersehen. Die Art, wie sie umgebracht wurde ... genau die gleiche. Bart hat jede weibliche Person, die mir im Leben wichtig war, genommen – meine Mutter, Tilly, Soleil. Ich kann einfach nichts anderes, als daran zu denken, dass, wenn ich nur nachgegeben hätte ..."

„Das ist Unsinn." Bodhi war aufgestanden und lief im Zimmer auf und ab. „Sailor, ich sehe jede Nacht in meinen Alpträumen, wie du ermordet wirst, und ich kann sie nicht verhindern. Erstochen wie Soleil ... ich kann es nicht ertragen, wenn du so sprichst. Wenn ich dich verlieren würde ..."

„Ssch, ssch, ssch." Sailor stand auf und schlang ihre Arme um ihn, küsste ihn zärtlich. „Ich bin ja noch hier Baby, immer noch hier." Ihre Stimme brach und Bodhi stöhnte auf und küsste sie rau, legte seinen ganzen Schmerz in diesen Kuss. Er riss ihr das Shirt vom Leib und nahm ihre Nippel in den Mund, saugte heftig und biss leicht zu. Sailor zog ihn auf den Boden und schlang ihre Beine um seine Hüfte als er ihren Rock über ihre Hüften schob und die Unterwäsche zerriss.

Er konnte es nicht abwarten, in ihr zu sein, und stieß fest zu, sein Schwanz sehnte sich danach, von ihrer samtenen Muschi umgeben zu sein.

Sie fickten hart, fast schon auf eine animalische Art, auf der verzweifelten Suche nach Erleichterung von der Trauer, die sie niederdrückte. Sie bleiben im Gästehaus, da beide nicht im Schlafzimmer des Haupthauses sein wollten, wo sie die wunderbare Nacht mit Soleil verbracht hatten. Das war jetzt ein Mausoleum.

AM MORGEN WACHTE Bodhi auf und fand das Bett an seiner Seite leer vor. Er konnte Sailor in der kleinen Küche hören. Für einen Moment schloss er seine Augen und stellte sich vor, dass alles okay war, normal. Dass sein Sohn Tim nicht von einem Verrückten festgehalten wurde, der Sailor ermorden wollte, dass seine geliebte Freundin Soleil nicht brutal umgebracht worden war.

Bodhi seufzte und die Trauer schien ihn fast zu ersticken. Er starrte an die Decke und ein winziges rotes, blinkendes Licht zog seine Aufmerksamkeit auf sich. Er setzte sich auf und fluchte. Der Mistkerl hatte überall Kameras angebracht. Bodhi wollte gerade noch oben greifen und die Kamera aus der Halterung reißen, als er einen lauten Knall hörte und Sailor aufschrie.

Er rannte in die Küche, wo sie stöhnend am Boden lag und sich den linken Arm hielt, der offensichtlich gebrochen war.

„Was ist passiert?"

„Ich habe versucht an die andere Pfanne zu kommen, die, die oben auf dem Schrank ist." Sailor zuckte zusammen, als Bodhi vorsichtig ihren gebrochenen Arm nahm. „Ich bin ausgerutscht. Verdammter Mist ..."

„Komm." Er hob sie mit Leichtigkeit hoch. „Du musst ins Krankenhaus. Cedar ist am nächsten."

Sailor, der vor Schmerzen fast die Tränen kamen, hielt ihn auf. „Kannst du meine Jeans holen? Ich kann doch nicht in Unterwäsche ins Krankenhaus gehen?"

Bodhi lächelte schief. „Den Ärzten wäre das egal. Okay, warte einen Moment."

Als Bodhi ins Schlafzimmer ging, sah Sailor zu der Abzugshaube über dem Ofen auf und sagte: „Cedars Sinai. Cedars Sinai."

Bodhi kam fast augenblicklich wieder zurück. „Alles okay?"

Sie nickte und er half ihr die Jeans und ihren Sweater anzuziehen und zog sich dann selbst an. Sie gingen zur Garage und die Wachmänner waren sofort zur Stelle. „Wir müssen ins Cedars fahren ... Sailor hat sich den Arm gebrochen."

„Okay."

Bodhi half Sailor auf den Rücksitz des SUV und wandte sich dann einem anderen Mann zu. „Greg, durchsuche das ganze Grundstück nach Kameras und anderen Überwachungsgeräten. Das Arschloch Foy hat uns beobachtet, so ist er an das Video gekommen."

„Okay, Boss."

Bodhi stieg zu Sailor ins Auto und half ihr den Sitzgurt anzulegen. „Was für ein blöder Idiot ich bin", sagte sie entschuldigend. „Das ist das Letzte, was du jetzt brauchst."

„Das hätte jedem passieren können, Baby. Lass uns dich versorgen."

KAPITEL ZEHN

Bart Foy sah sich zufrieden das Video an. Sailor hatte seinen Plan perfekt ausgeführt. Zu sehen, wie sie sich verletzte, war noch ein zusätzlicher Nervenkitzel gewesen … was aber nichts im Vergleich dazu war, wie er sich später fühlen würde, mit ihrem Blut an seinen Händen und ihrem leblosen Körper in seinen Armen. Bald, so bald schon.

Er wandte sich dem Mann zu, der wartete. „Verbinde dem Kind die Augen. Wir müssen ins Cedars Sinai."

SAILOR BEOBACHTETE, wie der Arzt das Ende der Bandage um ihren Arm wickelte. „Das wird jetzt leider eine Zeitlang wehtun. Es ist jedoch Gott sei Dank ein gerader Bruch und Sie sollten innerhalb kürzester Zeit wieder okay sein. Haben Sie große Schmerzen?"

Sailor nickte. „Ein bisschen."

Der Arzt lächelte sie an. „Ich hole Ihnen ein paar Schmerzmittel. Soll ich Mr Creed bitten herein zu kommen?"

Sailor schluckte schwer. „Nein, noch nicht. Ich brauche etwas Zeit."

Der Arzt tätschelte ihren gesunden Arm. „Natürlich. Ich bin gleich zurück."

Sobald er gegangen war, schnappte sich Sailor jedes scharfe Instrument, das sie finden konnte – ein Skalpell, eine Schere – und eilte zur Tür. Sie konnte Bodhi am Ende des Ganges sehen, der mit dem Arzt sprach. Schnell lief sie zum Fahrstuhl und drückte auf den Rufknopf. Sie drückte sich an die Wand, während sie wartete, sprang dann hinein und drückte auf den Knopf für das Erdgeschoss. Im Fahrstuhl steckte sie das Skalpell und die Schere unter ihren Verband.

Als der Fahrstuhl im Erdgeschoss ankam, schlüpfte sie hinaus und wartete.

„Sailor!"

Sie hörte Tims Stimme, als er von Bart ins Licht gezerrt wurde. Salem, Barts rechte Hand, zielte mit einer Waffe auf sie und Sailor sah Udo, den Wachmann, vor dem Tim immer Angst gehabt hatte. Tim sah unverletzt aus, aber er hatte einen gehetzten Ausdruck in den Augen und offenbar hatte er schreckliche Angst.

„Schick Tim her und sobald er im Fahrstuhl ist, gehöre ich dir." Sailor schaffte es ihre Stimme ruhig klingen zu lassen.

Bart sah amüsiert aus, nickte Udo aber zu. Der große Mann brachte Tim zu ihr und als er bei ihr war, warf Tim seine Arme um Sailor und brach in Tränen aus.

„Sie haben Tante Solly umgebracht", schluchzte er und sie umarmte ihn fest, während auch ihr die Tränen herunterliefen.

„Ich weiß, Baby, ich weiß ... schau, Timmy, wenn du im Fahrstuhl bist, dann drückst du auf Nummer Neun, steig nicht woanders aus oder sprich mit irgendjemanden. Dein Dad ist dort oben. Sag ihm", ihre Stimme brach. „Sag ihm, dass es mir leid tut und dass ich euch beide sehr liebe. So sehr."

„Ich lasse dich nicht allein." Tim fing an zu jammern, aber

Sailor, die es selber kaum schaffte, ruhig zu bleiben, schob ihn sanft in den Fahrstuhl.

„Du musst gehen, Baby, bitte. Ich liebe dich."

„Sailor!"

Sie konnte es nicht länger ertragen und drückte auf den Knopf, damit die Tür sich schloss. „Ich liebe dich so sehr", wiederholte sie, als sie hörte, wie er jammerte und ihren Namen rief. Sie sah zu, wie der Fahrstuhl zum neunten Stock aufstieg und fühlte, wie eine Pistole in ihren Rücken gedrückt wurde.

„Zeit zu gehen, Sailor", sagte Bart mit einer gewissen Schärfe in seiner Stimme, und mit einem Nicken wurde sie zu seinem Auto und in ihren sicheren Tod geführt.

BODHI SAH BESORGT AUF, als der Arzt, der Sailor behandelte, zu ihm kam. „War Miss King hier? Ich kann sie nicht finden."

Bodhis Herz begann zu rasen. „Nein ... sie war im Behandlungszimmer ... haben Sie sie allein gelassen?"

„Ja, um Schmerzmittel zu holen ... wo ist sie?"

Bodhi fühlte, wie Panik in ihm aufstieg, aber im nächsten Augenblick hörte er den Schrei eines Kindes, ein Kind, das nach seinem Papa rief, und sah Tim auf sich zu rennen. Bodhi rannte, um Tim in die Arme zu nehmen und umarmte ihn fest. „Oh Gott, Timbo, Timbo ... Ich liebe dich, ich liebe dich."

„Papa, mein Papa." Tim klammerte sich an Bodhis Hals, so sehr, dass er ihn fast erwürgte, aber Bodhi war das egal. Er befand sich mitten im Chaos.

„Papa." Tim schluchzte, Tränen und Rotz tropften ihm vom Gesicht. „Sailor. Sailor ist gekommen und sie hat gesagt, dass ich dich suchen soll, und der böse Mann hatte eine Waffe und hat sie mitgenommen ... Papa ... Papa."

Bodhi lief es eiskalt über den Rücken und er schloss seine Augen. *Natürlich. Natürlich.* Sailor hatte sich für Tim geopfert.

Warum war ihm das nicht früher klargeworden? Sie hatte sich den Arm gebrochen, um hierherzukommen.

Oh Gott ...

Der Arzt scheuchte sie in ein Privatzimmer und begann Tim zu untersuchen. Das Kind zappelte herum und wandte seine Augen nicht von seinem Vater ab. „Papa, sie haben mir die Augen verbunden, als wir hierhergefahren sind, aber die Augenbinde hatte sich gelöst und ich konnte etwas sehen, Papa. Ich habe den Weg gesehen, den wir gefahren sind."

Bodhi starrte seinen Sohn mit offenem Mund an, als der den Weg zu dem Ort beschrieb, von dem Bodhi entgegen aller Hoffnung betete Sailor zu finden, bevor Bart sein Versprechen einlöste, ihr das Leben zu nehmen.

SAILOR REALISIERTE, dass sie nicht weit außerhalb der Stadt waren. Sie hatten ihr keine Augenbinde umgelegt – warum sollten sie auch einer tote Frau die Augen verbinden? Sie kamen an einem leerstehenden Flugzeughangar an, der sich direkt außerhalb der Stadt befand.

Sie war jetzt mit Bart allein. Er zog einen Stuhl zu sich heran und setzte sich ihr gegenüber. Zärtlich öffnete er die Knöpfe vorn an ihrem Kleid, zog den Stoff auseinander und legte ihren Bauch frei. Sailor fühlte sich auf eine seltsame Art und Weise losgelöst vom Geschehen. Sie stand kurz davor, ermordet zu werden, auf eine grausame Art und Weise und unter vielen Schmerzen, und doch ...

Sie war erleichtert, dass Tim in Sicherheit war. Vielleicht waren die paar glücklichen Monate, die sie mit Bodhi und Tim verbracht hatte, die Belohnung dafür, dass sie so freiwillig in den Tod ging.

Bart lächelte sie an. „So, zu guter Letzt sind wir hier und jetzt werde ich damit anfangen, dein Leben zu beenden, Sailor.

Da ich Sirenen höre, werde ich keine lange Rede halten." Er hatte ein Messer.

„Udo hat das benutzt, um deine schöne Freundin zu töten ... und da du sie wie eine kleine Hure gefickt hast, scheint es nur passend zu sein, dass dich dasselbe Schicksal erwartet."

Sailor sog scharf die Luft ein, als Bart die Messerspitze in ihren Bauchnabel steckte. „Sailor ... ich werde dich nicht anlügen und dir sagen dass dein Tod schnell und schmerzlos sein wird. Ganz im Gegenteil. Ich werde dich ausweiden, Liebling, ganz langsam." Und er drückte das Messer tief in ihren Bauch.

Sailor war von dem Schmerz überwältigt, es kam nichts gleich, das sie jemals erlebt hatte. Jedes einzelne Nervenende schrie und als Bart das Messer herauszog, begann das Blut aus der Wunde zu pumpen, lief über ihre Haut und ihre Unterwäsche.

Sailor fühlte, wie ihr schwindelig wurde und wie ihr Körper auf den Angriff reagierte. Bart beobachtet sie mit offensichtlicher Freude. „Siehst du, meine liebe Sailor? Ich erinnere mich daran, wie ich das mit deiner Mutter gemacht habe. Sie war fast so schön wie du."

Er stach erneut zu und Sailor schrie auf, als das Messer in ihrem Magen versank. „Deine Mutter hat um ihr Leben gebettelt. Aber ich habe ihr gesagt ... sie hat mich betrogen. Sie hat dich betrogen Sailor ... sie wollte dich von deinem rechtmäßigen Platz wegholen."

Er versenkte das Messer wieder in ihrem Bauch und Sailor wurde schwindelig, ihre Brust zog sich zusammen, als sie anfing das Bewusstsein zu verlieren. Sie konnte ihr Blut riechen, das aus den Wunden hervorquoll. Bart beugte sich vor und küsste sie auf den Mund. „Sie wollte dich von mir, deinem zukünftigen Ehemann, wegbringen, Sailor ..." Er lächelte, als er erneut zustach, diesmal kurz über dem Nabel. „Sie wollte dich von mir wegbringen ... deinem Vater, Sailor ..."

Sailor riss die Augen entsetzt auf und plötzlich gab es etwas Schlimmeres in ihrem Leben, als von diesem Mann ermordet zu werden.

„Du lügst", keuchte sie und Bart lachte.

„Du weißt, dass ich das nicht tue, Süße. Meine Sailor, meine Tochter." Er zerschnitt die Seile, die sie festhielten und legte sie auf den Boden. Sailor hatte jetzt Mühe zu atmen, versuchte ihre Hand auf die Wunden zu drücken und das Blut zu unterdrücken, aber sie wusste, dass es sinnlos war.

Bart streichelte sanft über ihr Gesicht und nahm dann eine Kamera. „Nur einige Fotos, um sie deinem geliebten Bodhi Creed zu schicken."

Sailor schloss ihre Augen. *Es war vorbei. Alles vorbei.* Sie würde hier sterben und ...

Sie schwebte am Rand ihres Lebens, als von weither Stimmen zu kommen schienen, Stimmen, die schrien, verzweifelt und wütend. Sie konnte kaum ihre Augen öffnen und wenn es ihr gelang, dann war es nur ein kurzes Zwinkern.

Eins. Bodhis schönes Gesicht, Tränen rannen über seine Wangen und er flehte sie an zu leben. *Ich habe dir so viel Schmerz bereitet, mein Liebling.*

Zwei. Bart Foys Gesicht – ihr *Vater*, wutentbrannt.

Drei. Bodhis Gesicht, wütend und vor Rachelust verzogen, als er Kugeln in Barts Kopf pumpte und ihrem Vater das Lächeln aus dem Gesicht blies.

Vier. Bodhi ... *oh Gott, Bodhi, meine Liebe, mein Leben ... auf Wiedersehen ...*

Dann nur noch Dunkelheit und allumfassendes Nichts.

DREI MONATE SPÄTER ...

. . .

BODHI HIELT DEN BRIEF, den er seit dem schrecklichen Tag wieder und wieder gelesen hatte. Der Brief, den seine Wache in einer Küchenschublade im Gästehaus gefunden hatte, als sie alles nach Wanzen absuchten.

MEIN GELIEBTER, geliebter Bodhi,

DU WIRST JETZT BEREITS WISSEN, was ich getan habe, und ich bitte dich darum, mir zu vergeben. Es gab niemals eine andere Möglichkeit, um Tim sicher zurückzubekommen, und ich will, dass du weißt, dass es das wert war, auch wenn ich jetzt tot bin.
Ich liebe dich. Du hast mir alles gegeben und es tut mir so leid, dass meine Anwesenheit so zerstörerisch war. Soleils Tod tut mir unglaublich leid – ich habe sie so sehr geliebt, wie alle anderen auch, und ich hasse den Gedanken, dass sie wegen mir gestorben ist. Sie hatte es nicht verdient, so zu sterben.
Bodhi, alles, worum ich dich bitte, ist dich daran zu erinnern, wie sehr ich dich geliebt habe, von ganzem Herzen und ich bitte dich auch weiterzuleben und wieder so zu lieben. Trauere nicht zu lange. Erinnere dich, aber trauere nicht. Wenn Tim in Sicherheit ist, dann bin ich für einen guten Zwecke gestorben, den besten Zweck.
Ich weiß nicht, was ich sonst noch sagen soll außer danke und dass ich dich so, so sehr liebe, mein geliebter Bodhi.

FÜR IMMER, deine Sailor

BODHI KNIFF DIE AUGEN ZUSAMMEN. *Sie ist weg. Sie ist weg.* Er musste sich das selbst immer wieder sagen, um es zu glauben. Er legte den Brief ab und nahm den anderen.

Diesen hatte sie im Krankenhaus geschrieben. Dem Krankenhaus, wo sie um ihr Leben gekämpft hatten, darum, ihren Körper zu flicken, die entsetzlichen Wunden, die ihr Bart Foy – ihr biologischer Vater – zugefügt hatte. Sie lag eine Woche lang im Koma und dann schien sie allmählich aufzuwachen und der Arzt war mit Hoffnung in den Augen zu ihm gekommen.

„Sie hat noch einmal die Kurve gekriegt." Und Bodhi fühlte nichts als Erleichterung, genau wie an dem Tag, als sein Sohn wieder zu ihm zurückgekommen war.

Aber dann, eine Woche später, nach ein paar kräftezehrenden Besprechungen und dem Gefühl, dass sie ihm etwas verheimlichte, war Sailor aus dem Krankenhaus verschwunden, mitten in der Nacht von einem mysteriösen Wohltäter fortgebracht.

Das Krankenhaus hatte sich bei Bodhi entschuldigt, aber da Sailor keine nahestehende Verwandte war, durften sie ihm keine Informationen geben. Ihr Arzt gab ihm den zweiten Brief, den sie geschrieben hatte.

Meine Liebe, mein Bodhi,

Verzeih mir. Nach alldem, was wir durchgemacht haben, bin ich der Ansicht, dass dies der einzige richtige Weg für mich ist. Ich bringe dir Unglück, meine Liebe, und jetzt, da ich weiß, dass Bart Foy mein Vater ist, kann ich mich nicht mehr auf die Zukunft freuen, in dem Wissen, dass ich seine Gene in mir habe. Ich bin so verwirrt, mein Liebling.

Ich muss weg und ich werde einen Freund bitten, mir dabei zu helfen. Bitte, bitte suche nicht nach mir. Dein Leben und Tims Leben wird ohne mich besser sein.

Ich liebe dich.

SAILOR.

IHRE HANDSCHRIFT WAR VERWACKELT und Bodhi wusste, dass sie nicht wirklich nachgedacht hatte, aber es tat trotzdem weh. Und jetzt hatte Sailor es geschafft, sich seit drei Monaten versteckt zu halten, versteckt vor den hunderten von Detektiven, die er angestellt hatte, um sie zu finden. *Versteckt, allein.* Er hatte keine Ahnung, wo sie war.

Bis jetzt. An diesem Morgen war Grady Mallory zu ihm gekommen und hatte sich selbst als Sailors mysteriöser Wohltäter gestellt. Bodhi war wütend gewesen, aber Grady hatte ihm ruhig erklärt, dass er nur das getan hatte, worum Sailor ihn gebeten hatte.

Bodhi starrte den Mann an. „Und warum erzählst du es mir jetzt?"

„Weil ich eine Entscheidung getroffen habe. Eine Entscheidung, das zu tun, was ich für richtig halte. Wovon ich glaube, dass es Sailor jetzt, wo sie wieder bei Sinnen ist, ebenso will. Sie hatte Therapiestunden, wir haben das für sie arrangiert. Außerdem hat Flori davon erfahren und sie hat mir deshalb ganz schön in den Hintern getreten."

Bodhis Mund verzog sich zu einem schiefen Grinsen. „Wo ist Sailor?"

Grady zögerte und nickte dann. „Ich bringe dich zu ihr."

In Bodhis Kopf überschlug sich alles, Freude, Wut, Nervosität. Er weckte Tim und bestand darauf, dass der Junge sie begleitete. „Sailor kann nicht allzu wütend werden, wenn Tim dabei ist", sagte er leise und Grady gluckste.

„Feigling."

„Du kennst mich doch."

Grady fuhr mit ihnen in den Mount Hood National Forrest in Oregon, zum Lost Lake. Bodhi warf Grady einen Blick zu, als er das Schild sah. „Wirklich?"

„Reiner Zufall, das schwöre ich. Meine Familie hat hier eine kleine Hütte." Grady grinste, als Bodhi mit den Augen rollte.

Er fuhr zu einer Hütte am See und sie stiegen aus. Grady klopfte an die Tür und nickte dann. „Dachte ich es mir doch. Sie geht gern zu dem Steg am See und lässt ihre Füße im Wasser baumeln." Er zeigte Bodhi den Weg und blieb dann stehen. „Ihr braucht etwas Zeit für euch."

Tims Hand haltend ging Bodhi um die Hütte herum zum See. In einiger Entfernung, auf einem Holzsteg sah er eine Gestalt stehen, das lange dunkle Haar flatterte im Wind. Sein Herz füllte sich mit Liebe, als er sie sah.

Tim entriss ihm seine Hand und fing an zu rennen und Bodhi ließ ihn.

„Sailor! Sailor!"

Sie drehte sich um und Bodhi blieb stehen, so geschockt, dass er für eine Sekunde nicht atmen konnte. Sailor legte eine Hand über die kleine Auswölbung ihres Bauches und beugte sich nach unten, um Tim zu umarmen. Bodhi setzte einen Fuß vor den anderen, hatte aber keine Ahnung, ob er die beiden jemals erreichen würde.

Schwanger. Wie war das möglich? Sie wurde mehrmals mit einem Messer gestochen, verdammt noch mal ... Der Arzt hatte keine Schwangerschaft erwähnt. Darauf gab es nur eine Antwort.

Es war nicht seines.

Bodhi blieb stehen und ihm brach das Herz. Tim kam mit Sailor an der Hand auf ihn zu und Bodhi wurde einen Moment lang panisch. *Was tue ich? Was sage ich?*

Sailor hatte nie schöner ausgesehen, ihre bronzene Haut

leuchtete, in ihren Augen lag ein gehetzter Ausdruck, aber sie blickten ihn voller Liebe an. „Hallo, Bodhi."

Er starrte sie an und eine Millionen Fragen schossen ihm durch den Kopf. Sie lächelte sanft und nickte, seine Gedanken erratend. „Es ist von dir Bodhi. Dein Kind. Ich weiß nicht, wie alle das übersehen konnten, aber ich war schwanger, als sie mich ins Krankenhaus gebracht haben. Noch keinen Monat lang und deshalb hat der Embryo die Messerstiche überlebt. Ich bin jetzt im vierten Monat."

Bodhi fand keine Worte und es brauchte einen einzigen, kleinen Satz von seinem Sohn, um ihn wieder zu sich kommen zu lassen. Tim sah Sailor an und seine Augen funkelten vor Aufregung. „Also werde ich bald ein großer Bruder sein?"

Sailor lachte, Tränen liefen über ihr Gesicht. „Ja Süßer, der beste große Bruder überhaupt."

Endlich war Bodhi dazu in der Lage, sich wieder zu bewegen und er schloss sie in seine Arme. „Warum bist du weggelaufen?"

„Ich dachte, ich würde dir nicht gut tun", sagte Sailor mit gebrochener Stimme. „Bodhi, es tut mir leid, so leid. Seit ich hier bin, bereue ich es, dass ich weggelaufen bin, aber ich wusste nicht, wie ich es wiedergutmachen konnte. Ich bin so froh, dass du hier bist, so glücklich."

Und Bodhi küsste sie leidenschaftlich und es war ihm egal, dass Tim zusah. „Ich liebe dich, Sailor King, und unser Baby. Wir sind eine Familie, vergiss das niemals. Wir lösen Probleme gemeinsam, gute oder schlechte."

Sie nickte und Bodhi küsste sie erneut, sein Herz leicht vor Erleichterung und Liebe und Freude.

Er legte seine Hand auf ihren Bauch. „Nach allem, was du durchgemacht hast, ist das sicher?"

Sie nickte. „Ich habe einen guten Arzt in Portland." Sie sah zu Tim herab. „Wollen wir reingehen? Ich kann uns Kakao machen. Der Wind ist ein bisschen kalt."

Tim nickte eifrig und sie nahm seine Hand und Bodhis und sie gingen zurück zur Hütte, wo sie einen grinsenden Grady vorfanden, dem es offenbar überhaupt nicht leid tat, was er getan hatte.

Ein Jahr später...

Sailor alberte mit ihrer Tochter herum, als sie die Windeln wechselte. „Solly Creed, wenn du dich nicht gleich benimmst, dann schwöre ich bei Gott ..."

„Schwörst du was?" Bodhi lachte, als sie mit ihrer Tochter kämpfte. Sailor starrte ihn an.

„Könntest du die Kamera weglegen, du Rockstar, und mir helfen? Dieses Fotoshooting war deine Idee."

Sie waren in San Francisco zur Veröffentlichung von Bodhis erstem Album seit ein paar Jahren und als sie sich im Hotel fertigmachten, konnten sie schon die Fans hören, die seinen Namen riefen.

Bodhi nahm seine Tochter aus Sailors Armen und das Mädchen beruhigte sich sofort, gluckste zufrieden vor sich hin und grinste ihren Vater an.

„Papas Mädchen", grummelte Sailor, lachte aber, als Bodhi beim Anblick der schmutzigen Windel, die er wechseln sollte, das Gesicht verzog. „Hey, ich musste das kleine Monster neun Monate lang mit mir herumschleppen. Du kannst die Windel wechseln."

Später, als sie auf dem Weg zum Mittagessen im Taxi saßen, Tim auf Bodhis Schoß und Solly schlafend in den Armen ihrer Mutter, sah Bodhi Sailor an.

„Hey, meine Schöne? Erinnerst du dich an die Frage, die ich dir vor einiger Zeit schon einmal stellen wollte?"

Sailor grinste, genau wissend, was er fragen wollte, und legte einen Finger an ihre Lippen.

„Später", sagte sie. „Wenn die Kinder schlafen."

„Warum?"

Sailor beugte sich zu Bodhi und flüsterte ihm etwas ins Ohr. „Weil ich eine ganz, ganz besondere Art habe Ja zu sagen, Bodhi Creed, und glaub mir, das willst du auf keinen Fall verpassen ..."

ENDE

11

©Copyright 2020 Michelle L. Verlag - Alle Rechte vorbehalten.
Das Werk, einschließlich aller seiner Teile, ist urheberrechtlich geschützt. Jede Verwertung ist ohne Zustimmung des Verlages und des Autors unzulässig. Dies gilt insbesondere für die elektronische oder sonstige Vervielfältigung. Alle Rechte vorbehalten.
Der Autor behält alle Rechte, die nicht an den Verlag übertragen
wurden.

www.ingramcontent.com/pod-product-compliance
Lightning Source LLC
LaVergne TN
LVHW021715060526
838200LV00050B/2672